La dame au miroir

La dame au miroir

François Tardif

Illustrations et couverture : Marie Blanchard
Mise en pages : Folio infographie
Révision : François Morin et France Lorrain
Correction d'épreuves : Élaine Durocher
Imprimé au Canada

ISBN 978-2-89642-134-3

Dépôt légal — Bibliothèque et Archives nationales du Québec, 2009
© 2009 Éditions Caractère

Gouvernement du Québec — Programme de crédit d'impôt pour l'édition de livres — Gestion SODEC

Nous reconnaissons l'aide financière du gouvernement du Canada par l'entremise du Programme d'aide au développement de l'industrie de l'édition (PADIÉ) pour nos activités d'édition.

Visitez le site des Éditions Caractère
editionscaractere.com

Prologue

Elle a 12 ans, elle s'appelle Isabelle et elle ne se regarde plus jamais dans un miroir. Ses cheveux sont en bataille et son chandail est toujours sorti de sa jupette de tennis. Elle ne s'occupe jamais de son apparence. Mais elle s'occupe beaucoup de son service, de sa volée, de son coup droit, de son revers, du positionnement de ses pieds, etc. En fait, sa technique est maintenant presque parfaite.

Isabelle est une super-vedette de tennis, une athlète incroyable. Demain, elle saura si elle va aux Jeux olympiques, tellement elle est exceptionnelle. Elle deviendrait la plus jeune athlète à participer à ces jeux. Elle devra obtenir une permission spéciale d'un juge à cause de son âge. Bien entendu, elle doit gagner, en fin de semaine, le championnat canadien de tennis féminin. Tout va donc très bien pour elle. Tout ? Pas certain, car elle garde un secret mystérieux qui lui fait très, très peur. Pourtant, habituellement Isabelle n'a peur de rien ni de personne. Elle est une fille sûre d'elle.

Elle ne remet jamais en question sa valeur et ses forces. Voilà donc pourquoi elle est devenue la championne qu'elle est.

La première fois qu'elle a battu sa mère au tennis, elle avait trois ans et demi. Ce matin-là, sa mère Loréanne avait décidé de jouer avec elle. Elle voulait en avoir le cœur net au sujet du talent véritable de sa jeune virtuose de la raquette. Depuis six mois déjà que sa fille voulait frapper des balles avec elle. Au début, c'était très impressionnant de voir ce petit bout de choux avec une si grande raquette dans une si petite main. Déterminée comme pas une, elle avait réussi à lancer une balle par-dessus le filet. Sa mère avait trouvé cela drôle.

Au bout d'un mois, Isabelle était capable de frapper un revers, un coup droit et ne heurtait pratiquement jamais le filet avec sa balle. Sa mère a commencé à écarquiller les yeux quand la petite, la journée de son troisième anniversaire de naissance, s'est placée à la ligne de service, a lancé elle-même la balle dans les airs et a réussi, au bout de quatre ou cinq tentatives, à frapper la balle de l'autre côté du filet.

La petite Isabelle progressait presque à vue d'œil. Comment une si petite fille pouvait-elle rivaliser avec des adultes en tenant une raquette si lourde pour elle ? Mystère !

Quand des gens ont commencé à venir assister de plus en plus nombreux à ses séances de tennis, il a bien fallu se rendre à l'évidence. La petite était douée, très douée. Sa mère décida alors d'arriver une bonne demi-heure avant ses matchs entre amies. Plaçant Isabelle de l'autre côté du filet, elle échangeait avec elle.

Mais ce qui titillait Loréanne, c'était de voir sa petite fille de trois ans et un peu plus commencer à créer son propre style. Elle s'ingéniait à frapper la balle quand elle était à son plus haut dans les airs.

Les entraînements d'Isabelle avec sa mère se tenaient maintenant tous les jours. Au début, elles jouaient une demi-heure, puis quotidiennement pendant au moins deux heures, et parfois même deux fois par jour. Isabelle adorait jouer. Elle ne voulait jamais arrêter.

Un jour, Isabelle avait lancé un défi à sa mère.

— Maman, demain on joue une partie !

— Quoi ? avait-elle répondu.

— Elle veut jouer une partie contre toi ! avait repris Josée, la meilleure amie de Loréanne et sa partenaire de tennis depuis près de 20 ans.

Loréanne s'était mise à rire puis, en voyant que sa petite s'entraînait dans le vide en frappant des balles imaginaires, elle avait compris qu'elle était sérieuse. Ses partenaires de jeu aussi.

— Je crois même qu'elle pense te battre ! avait rajouté Josée, espiègle comme toujours.

Loréanne gagnait parfois de petits tournois senior qui s'organisaient dans son club de tennis ou dans les villes avoisinantes. Une pensée dérangeante lui traversait l'esprit :
— Si je me fais battre par une petite fille de trois ans et demi ?

Cette journée-là, sa partie de double a été affreuse. À la toute fin, et grâce au brio de sa partenaire Josée, elles s'en sont tirées avec une victoire *in extremis* en bris d'égalité. Loréanne avait la tête ailleurs, elle appréhendait déjà le match du lendemain. Sa fille n'avait encore jamais joué de vraies parties et, déjà, elle faisait trembler une femme de près de 30 ans son aînée, sa propre mère.

Isabelle continuait à s'entraîner dans le vide. Depuis deux ou trois semaines environ, elle avait commencé à s'entraîner de cette façon. Elle se positionnait sur le bord du terrain pendant que sa mère jouait avec ses amies, elle regardait au loin et semblait tout à coup voir une balle arriver. Puis, en prenant solidement son élan, elle frappait une balle invisible avec une technique qui se précisait davantage chaque jour. Où avait-elle appris cela ?

La veille de leur partie, Loréanne s'était couchée très tôt. Elle avait entendu quelques murmures autour d'elle au club de tennis et certains, dont ses partenaires de tennis Denise et Nicole, croyaient que la petite aurait le dessus. Seule Josée lui répétait sans cesse que tout cela n'était que pour le plaisir de se dépasser. Il n'y avait pas de compétition entre la mère et la fille.

— Loréanne, avait dit Josée au téléphone à son amie avant qu'elle ne s'endorme, j'espère que tu n'essaieras pas de démolir ta fille. Elle n'a encore jamais joué une partie. Je pense même qu'elle ne sait pas compter les points.

— Josée, je sais que tu es ma meilleure amie, mais tu es naïve. Si ma fille est aussi compétitive que moi, elle rêve déjà de me battre... et si elle me bat dès le premier match de sa vie, à trois ans et demi, je... je...

Michel, son mari, la regardait en riant.

— Chérie, tout le monde le dit, elle est déjà meilleure que toi.

— Oh! Michel, s'il te plaît!

— On a fait une génie, mon amour, on est seulement capable de faire des choses géniales, c'est naturel chez toi et moi!

Il avait donné un léger baiser sur le front de sa femme, puis il était allé voir si les enfants dormaient.

— Josée, dit Loréanne à son amie toujours au téléphone, tu as entendu les *folleries* de mon mari?

— Loréanne, tu es tellement compétitive que tu ne vois pas que tout ça est un jeu, simplement un jeu!

— Oui, un jeu, tu as raison, mais un jeu où il y a un gagnant et un perdant. As-tu remarqué qu'on n'est pas souvent du côté des perdantes ?

— On va bien finir par trouver quelqu'un de meilleur que nous, Loréanne !

— Je le savais, je le savais, toi aussi tu penses que je ne suis même pas capable de battre ma fille de trois ans !

— Trois ans et demi, n'oublie pas, elle a trois ans et demi, et c'est une surdouée !

— C'est vrai, Josée, tu as raison. Parfois, j'ai l'impression qu'elle est une espèce de Mozart ou de Beethoven. En tout cas, je vais aller dormir, sinon je n'arriverai même pas à toucher à la balle.

— Bonne nuit, Loréanne, et n'oublie pas que c'est un jeu, le tennis. Amuse-toi demain.

— Tu ne seras pas là ?

— Oui, je vais arriver tôt, j'ai peur qu'il n'y ait pas assez de place dans les estrades pour assister à la dégelée que tu vas prendre face à la future nouvelle championne !

— Ha, ha, ha ! très drôle !

— Bonne nuit, Loréanne !

— Bonne nuit, Josée !

Michel rejoint sa femme dans la chambre :

— Et puis Michel ? Isabelle dort ?

— Oui, presque. Repose-toi, mon amour, parce que demain…

— Quoi demain ?

— Parce que demain tu vas perdre, mon amour… contre ta propre fille de trois ans !

— Trois ans et demi, reprend Loréanne.

— Elle est trop forte, on a créé un monstre !

* * *

Le lendemain matin, le déjeuner au club de tennis a été très agréable. Il y avait beaucoup plus de gens que d'habitude. Tout le monde s'était donné le mot ; ce matin, une jeune prodige allait jouer sa première partie officielle. Au moins 20 spectateurs allaient assister à ce moment mémorable. Après l'échauffement usuel où la petite Isabelle a envoyé presque toutes ses balles dans le filet, la partie allait commencer. Loréanne était au service. Malgré toutes ses pensées contradictoires de la veille, Loréanne espérait que sa fille offre une bonne performance. Elle était fière de la voir si concentrée de l'autre côté du filet. Elle était si petite qu'elle avait peine à voir par-dessus le filet.

Loréanne au service !

Isabelle, déterminée comme jamais et le sourire fendu jusqu'aux oreilles, se déplaçait un peu à droite ou à gauche et retournait facilement la balle sur le revers de sa maman. Loréanne, tout en se déplaçant et en retournant la balle en plein centre du court, encourageait sa fille :

— Beau coup, ma belle, très beau coup, ma princesse !

Isabelle restait très concentrée et retournait la balle avec grande habileté. Les spectateurs avaient l'impression d'assister à un espèce de miracle. Comment un si petit bout de femme de trois ans et demi arrivait-elle à jouer si bien et surtout à être si confiante ? Loréanne était incroyablement fière de sa fille. Elle a même sauté par-dessus le filet et l'a applaudie les larmes aux yeux.

Toute mignonne, Isabelle lui avait dit :

— Ne pleure pas maman, je vais te laisser gagner !

En réalité, c'est la mère qui a laissé gagner sa fille en ralentissant un peu ses coups et en plaçant la balle le plus près possible de sa raquette. Elle voulait bien devenir son entraîneur et l'aider à gagner des parties mais jamais, au grand jamais, elle ne voulait la battre. Au fil des mois et des ans, Loréanne a échangé des milliers de balles avec sa fille.

CHAPITRE 1

Naissance d'une vedette

À cinq ans, Isabelle, entraînée par sa mère, participa à son premier tournoi. Niveau d'âge ? Les neuf ans et moins. Fidèle à son habitude, elle commença toujours ses parties en lion et prit rapidement une avance insurmontable. Isabelle Leduc est vite devenue la meilleure joueuse de tennis de sa ville, puis de sa région chez les moins de neuf ans. Tout le monde en parlait.

Le jour de son septième anniversaire de naissance, monsieur Léveillé, responsable de l'organisation d'un tournoi junior à Québec, est venu rencontrer ses parents.

— Bonjour, M. Leduc, Mme Martin. J'aimerais rencontrer Isabelle si c'est possible.

— Bien sûr !

Loréanne alla chercher sa fille dans la cour. Elle arriva en sautillant :

— C'est… c'est elle ? dit-il en essayant de cacher sa déception.

Il ne s'attendait pas à une si… petite fille.

— Oui, ont dit ensemble Michel et Loréanne.

— Vous vouliez nous parler, M. Léveillé ? demanda aussitôt Loréanne.

Elle avait entendu parler de ce monsieur qui avait réussi à faire un succès de son tournoi junior à Québec. Lui, avait entendu parler d'Isabelle. Mais là, en voyant que c'était une si petite fille, il ne désirait qu'une chose : s'en aller. Il avait tant de choses à faire pour que tout soit prêt pour son tournoi qui débutait une semaine plus tard. Depuis des années, il faisait venir des joueurs d'âge junior de plusieurs pays du monde. Plus de 1000 bénévoles l'aidaient dans son organisation. Année après année, son organisation faisait des envieux à travers le monde. Les spectateurs étaient au rendez-vous et le calibre de jeu était exceptionnel. On venait des quatre coins de la province pour voir les vedettes de demain. Roger Federer, Dinara Safina et combien d'autres avaient joué ici avant de devenir champions. Toutefois, il n'y avait jamais assez de bons joueurs québécois pour participer au tournoi.

Monsieur Léveillé voulait changer cet état de chose. Toujours au courant de ce qui se passait sur la planète tennis, il avait entendu parler d'une jeune prodige qui vivait au Québec. Voilà pourquoi il avait eu une idée géniale.

Il voulait organiser un match hors concours entre la plus jeune joueuse du Québec et une ancienne championne mondiale qui a beaucoup fait rêver les Québécois, l'Espagnole Arantxa Sanchez-Vicario. Mais il ne croyait pas qu'Isabelle Leduc était si jeune.

— Je… je suis désolé… je me suis trompé!

Monsieur Léveillé se dirigeait déjà vers la porte de sortie.

— Attendez, attendez! Qu'est-ce que vous vouliez nous demander à propos d'Isabelle?

— Je… je ne croyais pas que…

— Qu'elle était si petite, c'est ça?

— Oui, je… c'est une enfant… une si petite enfant… alors je ne voudrais pas…

Monsieur Léveillé s'est senti pris dans un étau. Il ne voulait pas qu'on dise de lui qu'il profitait d'une enfant si jeune.

— Assoyez-vous et prenez un café au moins ! l'invita aussitôt Michel Leduc.

— Bon, d'accord, mais excusez-moi encore de prendre de votre temps. Je ne pensais pas qu'elle était si petite, on m'a dit tellement de choses à son sujet !

— Qu'est-ce qu'on vous a dit ?

— On m'a dit qu'à sept ans, elle était la meilleure au monde de son âge.

— On m'a aussi dit qu'elle pouvait rivaliser avec les adultes… et ça, je m'excuse, mais j'en doute. Aucun adulte n'osera jouer véritablement sa partie contre elle… alors ce que je veux organiser…

— Que voulez-vous organiser ?

— Je veux intéresser les jeunes au sport, au tennis en particulier. Je veux que très jeune, les petits Québécois et les petites Québécoises croient qu'ils peuvent réussir ce qu'ils entreprennent. Le fait de voir une enfant réussir de grandes choses, ça peut encourager tellement de jeunes et les inciter à suivre ses traces.

À ce moment-là, Isabelle revint dans la maison en courant.

— Maman, est-ce que je peux aller jouer au tennis avec Frédérica ?

— Oui, bien sûr, on y va dans… je ne sais pas, disons… !

— Je m'en vais justement ! dit monsieur Léveillé en se levant debout.

— Est-ce que vous venez jouer avec nous ? lui demanda tout à coup Isabelle en le regardant droit dans les yeux.

— Euh ! Je… mais…

Monsieur Léveillé regarde sa montre. Monsieur Léveillé était un homme vraiment très occupé. Mais il avait toujours sa raquette de tennis dans son auto, même s'il ne jouait plus tellement souvent. À 60 ans maintenant, il se contentait d'une fois ou deux par semaine. Il savait instinctivement, en frappant quelques balles avec un jeune, si celui-ci avait ou non l'instinct du joueur de tennis. Il avait compris que pour réussir au tennis, il fallait des qualités individuelles très précises. Un futur champion devait être très fort mentalement, connaître ses forces, vouloir toujours apprendre, avoir une confiance inébranlable en ses moyens et, surtout, savoir comprendre ce qu'il appellait *l'air du temps.*

— Un joueur ou une joueuse même en très bas âge doit être capable de comprendre que chaque moment de tennis est différent du précédent. Il n'y a jamais deux moments identiques ou deux coups exactement semblables. Savoir lire avec précision *l'air du temps*; comprendre à tout moment comment se sent l'adversaire, comment rebondit la surface, comment plombe le soleil et surtout comment on se sent dans son propre corps, voilà le grand secret du champion ou de la championne.

Monsieur Léveillé accepta donc rapidement l'offre qui lui était offerte. Ils allaient échanger quelques balles de tennis, comme ça, pour le plaisir. C'est de cela qu'il était question maintenant, le simple plaisir de jouer. Car son idée était faite, il n'était plus question d'organiser ce match hors concours entre Arantxa et la petite Isabelle.

Monsieur Léveillée commença à échanger quelques balles avec Loréanne puis avec le père. Isabelle resta à l'écart pour les regarder jouer un peu.

Isabelle regarda les échanges et, rapidement, elle saisit *l'air du temps*, justement. Les balles étaient lourdes à cause de l'humidité et les déplacements étaient plus difficiles aujourd'hui. Tout semblait plus lent. Même sa mère, habituellement rapide dans ses déplacements, allait moins vite qu'à l'habitude.

Après une bonne dizaine de minutes d'observation, Isabelle s'approcha de son père et lui glisse un petit mot à l'oreille:

— Qu'est-ce que je fais? lui demanda-t-elle.

— Toujours le meilleur, tu donnes toujours le meilleur de toi!

Isabelle entra donc sur le terrain et commença à échanger des balles avec monsieur Léveillé. Il trouva cela très agréable. Progressivement, après avoir eu le même réflexe que tous les gens qui l'affrontaient pour la première fois et qui n'osaient pas frapper trop fort sur la balle, il commença à augmenter la cadence.

Toutefois monsieur Léveillé était un peu déçu. On lui avait dit tellement de bien de cette petite. Hors, en ce moment, il voyait bien que la petite donnait tout ce qu'elle avait. Elle retournait tous les coups, échangeait très bien mais, à son avis, elle n'avait rien de la petite Mozart promise. Elle était une bonne joueuse, certes, et sûrement plus forte que les autres de son âge, mais il ne voyait rien d'exceptionnel en elle. Lui, le champion détecteur de talents, lui qui savait reconnaître rapidement le génie de la raquette quand il était présent, n'était pas ébloui.

Lorsqu'Isabelle rata deux coups de suite, sa mère n'arriva plus à se retenir.

— Monsieur Léveillé, je pense qu'on ferait mieux d'arrêter ça tout de suite.

— Oui, vous avez bien raison. Je m'excuse d'avoir pris trop de votre temps.

— Ce n'est pas vous qui nous faites perdre notre temps, c'est Isabelle !

— Quoi ?

— Isabelle, je ne suis vraiment pas contente de toi !

— Madame Martin, s'il vous plaît, elle joue très bien votre fille, ne la poussez pas trop.

— Monsieur, s'il vous plaît !

Loréanne était fâchée contre sa fille. Ce n'était pas la première fois qu'elle faisait cela. Elle ne voulait pas ridiculiser ses adversaires.

— Isabelle, quand je te dis de vraiment jouer avec le monsieur, pourquoi tu ne joues pas vraiment ?

— Mais j'ai donné mon maximum !

— Isabelle...

La petite dit cela en riant, avec bonne humeur. Son père ria aussi aux éclats.

— Chérie, elle a raison, elle a donné son maximum.

En voyant Isabelle et son mari rigoler de la situation, Loréanne décida d'en rire aussi.

— Bon, comme tu voudras. Excusez-la, monsieur Léveillé !

— Non, non, ça va, pour ma part je l'ai trouvée très bonne.

— Il est vrai que pour une gauchère, elle serait très bonne ! dit Loréanne.

— Quoi ?

— Oui, vous avez bien compris. Isabelle est droitière et elle a joué contre vous avec son bras gauche. Elle n'a pas voulu vous blesser en étant meilleure que vous.

— Vous voulez dire que votre fille, tout à l'heure, ne jouait pas de son vrai côté ?

Pendant au moins cinq minutes, les trois adultes n'arrêtèrent pas de rire de la situation. Isabelle, elle, avait alors commencé à s'adonner à l'entraînement qu'elle avait inventé ; elle simulait un match et des échanges corsés en frappant des balles invisibles et en se déplaçant avec ardeur et minutie.

En la voyant faire, monsieur Léveillé eut l'impression de voir tout autour l'avenir se dessiner. Il se représentait la petite sur un court, applaudie par des milliers de spectateurs qui se tenaient debout pour acclamer une nouvelle idole du sport.

Il s'est replacé tout doucement de l'autre côté du court face à sa toute petite adversaire de sept ans. Puis, il lui a dit très fort :

— Alors ma petite, tu as eu pitié du vieux monsieur ? Tu as joué gauchère contre moi ? Eh bien, moi je te lance un défi. On joue un match et tu ne toucheras même pas à la balle. Tu sais que j'ai déjà été champion de l'État du Massachusetts pendant trois ans ?

— Moi, j'ai gagné deux tournois d'école !

— Tu jouais contre des élèves de deuxième année, facile ! dit monsieur Léveillé pour la taquiner un peu.

— Non, c'était le tournoi de l'école secondaire de mon grand frère.

— Tu veux le service ? lui demanda monsieur Léveillé.

— Je vous le laisse dit la petite en se plaçant derrière la ligne de fond, prête à recevoir le boulet de l'ex-champion de 60 ans.

Ce match s'est terminé six à zéro pour la petite. Monsieur Léveillé est sorti de là étourdi et rouge comme une tomate bien mûre.

Dix jours plus tard, devant plus de 3500 spectateurs, la petite Isabelle commença un match amical contre l'ancienne championne espagnole Arantxa Sanchez-Vicario. Bien sûr, la championne espagnole remporta le match… mais avec difficulté malgré tout.

CHAPITRE 2

Sur la route olympique

— Isabelle, est-ce que tu veux ouvrir la lettre ?

— Non, vas-y maman !

La lettre porte en haut à gauche la feuille d'érable et les cinq anneaux olympiques, ainsi que le sigle du Comité olympique canadien (COC). Le COC devait donner une réponse concernant l'admissibilité d'Isabelle aux Jeux olympiques d'été de Londres en 2012. Isabelle n'a que 12 ans et elle doit obtenir une dérogation de ses parents pour y participer. Les règlements du Comité olympique canadien ne permettent pas à un athlète de moins de 16 ans de participer aux jeux à moins d'une permission spéciale de ses membres et des parents de l'athlète. Jusqu'ici monsieur Léveillé, son entraîneur, a tout fait pour convaincre le COC de permettre à la jeune prodige de pouvoir représenter son pays. Dans cette lettre se trouve leur réponse.

— Bon, je l'ouvre, ma belle. Mais avant de lire leur réponse, tu sais que si tu es acceptée, tu auras des camps à faire un peu partout au pays et dans le monde dans les trois mois qui restent avant les jeux.

— Oui, oui… !

— Je ne pourrai peut-être pas toujours y aller avec toi.

— Je sais, je sais, maman, tu as repris tes cours et papa travaille fort, et il y a mon frère Jean et ma sœur, je sais, maman, mais ouvre, ouvre !

Isabelle est allée si souvent dans des camps de tennis à Vancouver, à Toronto, en Floride, au Massachusetts et en Californie, qu'elle se sent prête à faire le saut vers les plus grands sommets mondiaux du tennis.

— Ouvre maman, ouvre.

Loréanne n'a jamais été aussi nerveuse. Elle ouvre la lettre et en lit les bouts importants à sa fille !

— *Bonjour*, blablabla… *merci de votre intérêt… votre demande a été étudiée avec minutie…* blablabla, *votre dossier a mérité toute notre attention*, blablabla…

— Je ne comprends rien, maman, ils disent oui ou ils disent non ?

— Justement, je n'en ai encore aucune idée et j'en suis déjà rendue à l'avant-dernier paragraphe !

— …blablabla, bon, nous voici au cœur du sujet, *suite à votre demande d'accréditation pour participer au processus de sélection de joueuse de tennis pouvant représenter notre pays le Canada malgré le jeune âge de votre fille, nous avons…*

Loéranne s'arrête un instant de lire, regarde sa fille sans aucune émotion dans son visage, qui, tout à coup, s'illumine d'un immense sourire.

— … *nous avons le privilège de vous annoncer qu'une partie de nos règles ont été modifiées pour permettre à Isabelle Leduc de participer…*

— … aux Jeux olympiques de Londres de 2012 ! s'écrie très fort Isabelle en sautant de joie.

— Non, non, non ! attends, ma belle… *pour permettre à Isabelle Leduc de prendre part au processus de sélection pouvant la mener à une participation aux Jeux de Londres en 2012. Pour ce faire, elle devra tout d'abord s'inscrire au tournoi junior canadien qui a lieu à Sherbrooke les vendredi, samedi et dimanche, 11, 12 et 13 mai prochains. Ensuite, si elle gagne le tournoi, elle pourra participer à un processus de sélection qui durera trois semaines où elle devra se mesurer, sous la supervision du Comité olympique canadien, aux quatre meilleures joueuses du pays. Seules les deux meilleures seront sélectionnées pour représenter le Canada à Londres.*

— Ya hou ! On s'en va à Londres, on s'en va à Londres. J'ai toujours rêvé d'y aller. Tu vas venir, hein, maman ? tu vas venir, hein ?

— Chut ! chut ! chut ! ma belle Isabelle. Savais-tu que tu n'as que 12 ans et que tu dois être la meilleure joueuse junior au pays auparavant ? À Vancouver, à Calgary, à Toronto, il y a des joueuses qui ont 18 ans et qui se préparent depuis au moins cinq ou six ans à temps plein ou presque pour représenter le pays ?

— Maman, je te le dis, je vais gagner, je vais gagner le tournoi à Sherbrooke en fin de semaine !

— En fin de semaine ?

— Mais oui, maman, ils ont dit *les 11, 12 et 13 mai* et on est le 9 mai. Je cours faire mes bagages ! Je vais appeler Frédérica pour qu'elle prenne mes notes de cours demain !

— Je vais essayer, Isabelle, mais je ne sais pas si on peut t'inscrire deux jours avant le début d'un tournoi !

— Appelle monsieur Léveillé, il va nous arranger tout ça.

La petite virtuose du tennis court vers sa chambre, sûre qu'elle ira jouer contre des filles beaucoup plus grandes et beaucoup plus fortes physiquement qu'elle. Sa mère n'en revient pas de la force mentale de sa petite Isabelle. Elle est tellement sûre d'elle, tellement confiante en son étoile que jamais elle ne doute d'elle et de ses performances. Depuis près de cinq ans maintenant qu'elle parcourt surtout la province et parfois le pays, les États-Unis et l'Europe pour participer à des tournois et toujours elle garde un moral d'acier. Elle peut compter ses défaites sur les doigts d'une seule main. Il faut dire que monsieur Léveillé gère sa carrière d'une main de maître. Selon lui, elle est du calibre des meilleures joueuses du monde chez les moins de 16 ans.

— Quoi? Qu'est-ce que tu dis, Loréanne? Ils veulent qu'elle gagne contre les 18 ans et moins? Non, je ne pense pas que ce soit une bonne idée.

Monsieur Léveillé n'est pas certain que son athlète soit prête pour un si gros championnat.

— Yves, je sais que tu ne penses pas que ce soit une bonne idée... mais on devrait quand même l'inscrire au tournoi de Sherbrooke!

— Je ne sais pas! Elle a peut-être des chances de gagner quelques matchs, mais imagine gagner un tournoi contre des filles qui sont presque des femmes. Tu as vu la championne junior canadienne?

— Non!

— Elle s'appelle Tina Lambrose, elle mesure 1,82 m et elle frappe des services à 190 km à l'heure! Elle est de loin la meilleure et elle n'a même pas été sélectionnée pour participer aux

Jeux olympiques. Il ne faut pas sauter d'étapes!

— ...

Yves Léveillé est devenu au fil des ans un grand ami de la famille Leduc-Martin. Il a compris très rapidement après l'incident de la fausse gauchère que cette petite lui en ferait voir de toutes les couleurs. Elle pousse la machine avec une facilité déconcertante. Elle veut toujours jouer au tennis. Elle veut apprendre avec les meilleurs, voyager dans le monde entier, participer à tous les tournois...

Mais il a décidé qu'il la protégerait contre les écueils. Il ne la laisserait pas aller trop loin et trop vite. Il l'a obligée à prendre des vacances, il s'est arrangé avec tous ses amis et toute sa famille pour cacher les raquettes de tennis afin qu'elle prenne du repos.

Loréanne, qui croit en sa fille, insiste auprès de son ami.

— Bon, bon, bon! d'accord, Loréanne, je vais appeler et je vais l'inscrire au tournoi de Sherbrooke. Je vais tout faire pour qu'elle ne rencontre pas la championne canadienne à son tout premier match.

En fait, il fait beaucoup mieux que ça, il s'arrange pour qu'elle ne puisse rencontrer la meilleure joueuse, Tina Lambrose, de Vancouver, qu'en finale. Tina va assurément se rendre en finale : après tout, elle s'est glissée dans le top 10 mondial depuis un an et demi.

CHAPITRE 3

Première épreuve : la dame au miroir

Depuis sa naissance, Isabelle a tout eu facilement. D'abord, le tennis. Ensuite, une imagination débridée qui lui permet de visualiser un partenaire qui n'existe pas. Elle peut ainsi s'entraîner tous les jours comme dans une vraie partie. Finalement, elle s'est construit une force mentale hors du commun. Rien ne lui fait peur. Elle croit que la vie est facile et que tout lui appartient...

... Jusqu'au vendredi 11 mai... date à laquelle sa vie va prendre une nouvelle orientation...

* * *

— Tu vois, Isabelle, c'est là qu'on va coucher ce soir !

— Super ! dit Isabelle en admirant l'auberge où la mère et la fille allaient dormir durant la fin de semaine : le McIntyre Inn !

Loréanne avait trouvé cette auberge d'une manière un peu étrange. Tous les hôtels de Sherbrooke étaient déjà remplis pour la fin de semaine. Elle s'était donc rabattue sur Internet pour trouver dans le coin une auberge qui permettrait à sa fille et à elle d'être tranquilles et bien à l'aise durant cette importante et éreintante fin de semaine de tournoi.

— C'est l'hôtel que tu as trouvé sur Internet ? demande Isabelle.

— C'est presque miraculeux, mon histoire ! répond sa mère.

— On dirait qu'on est en Angleterre ici !

— Oui, c'est une maison de style victorien qui rappelle les constructions qui ont été faites durant le règne de la reine Victoria en Angleterre.

— C'est beau… mais ça fait un peu peur non ?

— Non !

Loréanne dit cela à sa fille, mais au fond d'elle-même elle se demande bien pourquoi elle a loué une petite suite dans cette vieille maison.

— Elle ne te fait pas peur, maman ?

— Non, non, je te dis, viens, tu vas voir, tu vas pouvoir te reposer ici. Il paraît que les propriétaires adorent le tennis. Normalement, l'auberge est fermée à cette période de l'année, mais quand j'ai parlé à la dame et qu'elle a su que tu venais participer à un tournoi de tennis, elle a décidé d'ouvrir la maison juste pour nous !

— C'est vrai ? Tu es sûre qu'on est à la bonne place ?

— Oui, oui, la dame m'a dit qu'elle serait là à 18 h et il est précisément 17 h 55.

Loréanne est certaine d'être à la bonne place, devant la bonne maison. Toutefois, en plus d'être lugubre, le bâtiment est assez isolé. La mère et la fille ont dû tourner trois ou quatre fois pour changer de petite route et faire une bonne dizaine de kilomètres en campagne déserte avant d'arriver à destination.

— Je trouve ça vraiment très, très beau, maman.

Loréanne n'en est pas aussi sûre. Au début de ses recherches, elle était allée sur le site du tournoi de tennis. Mais aucun des hôtels recommandés n'avait de place. Le dernier de la liste était une petite auberge. La dame propriétaire était un peu sourde. Loréanne lui a demandé plusieurs fois si elle connaissait un autre endroit où sa joueuse de tennis et elle pourraient dormir en fin de semaine. La dame ne semblait entendre que le mot *tennis*.

— Non, madame, je m'excuse, il n'y a pas de terrain de tennis ici ! De toute façon, mon auberge est remplie.

— Je ne cherche pas un terrain de tennis, je cherche…

— Attendez, attendez, si vous aimez tant le tennis, il y a un grand tournoi en fin de semaine…

— Je sais, je sais, madame, je cherche une chambre…

— Vous êtes membre ?

Cette dame était vraiment très dure d'oreille.

— Non, je ne suis pas membre !

— Ah ! alors si vous êtes membre… mais pourtant je ne reconnais pas votre voix, vous êtes certaine que vous êtes membre de notre club de tennis ?

— Non, non, je suis la mère d'une joueuse junior !

— Oui, vous jouez fort, tout le monde dit ça pour faire partie de notre club. Vous savez qu'il existe depuis 52 ans, depuis la disparition de miss Dorothea McIntyre !

— Qui ? avait demandé Loréanne en s'apprêtant à raccrocher devant tant d'incompréhension.

— En ski ? Vous dites qu'elle est morte en faisant du ski ? Mais on ne sait même pas si elle est morte. Je le sais, j'ai épousé son petit-fils.

— Non, je ne connais pas bien cette miss McIntyre !

— C'est vrai, c'est vrai, vous avez raison, il reste peut-être des chambres dans l'ancienne auberge de miss McIntyre.

— Vous avez dit qu'il reste des chambres, donnez-moi l'adresse tout de suite !

— La suite ? Vous êtes bien certaine madame que vous voulez la suite ?

— Oui, oui, oui, j'en suis certaine.

Au bout de dix autres minutes d'incompréhension totale, Loréanne a réussi à trouver le site Internet de cet endroit. Comme l'image de l'hôtel ne l'a pas rassurée, elle a tenté de changer de site sur son ordinateur. Pourtant, il ne lui permettait plus de faire aucune recherche. Depuis qu'elle avait fait apparaître l'image de cette vieille maison, le moteur de recherche ne fonctionnait plus. Elle avait beau essayer de trouver un autre hôtel, plus rien n'allait. Malgré son inquiétude face à ce bâtiment qui restait constamment en fond d'écran maintenant, elle s'était résignée à appeler.

Un très vieux monsieur avait répondu et elle avait enfin réussi à réserver la suite McIntyre pour trois nuits. Donc, maintenant elles sont là à attendre devant la porte fermée.

— Mais, maman, pourquoi ça ne répond pas ?

Loréanne essaie la sonnette et cogne au moins trente fois quand tout à coup, de derrière la maison, une vieille dame très âgée passe juste à côté des filles pour ouvrir la porte puis la refermer aussitôt. Comme si la mère et la fille étaient invisibles.

Au bout de quatre ou cinq autres minutes, Loréanne se remet à cogner à la porte. La même dame ouvre la porte.

— Ah! bonjour!

Loréanne reconnaît la voix de la dame du téléphone.

— Ah! vous êtes la dame avec qui j'ai parlé. Vous êtes la propriétaire de l'Auberge du canard boiteux.

— Non, non, ce n'est pas vieux… Bah! peut-être un peu, mais vous allez adorer! Alors, comme ça, vous jouez au tennis… Venez avec moi. Avant de vous montrer les chambres, je vais vous montrer la merveille des merveilles!

— C'est qu'on voudrait peut-être se reposer un peu avant.

— Le vent? Non, tout a été pensé pour qu'il n'y ait jamais de vent! Venez! Venez voir, vous allez vraiment aimer, surtout que vous voulez être membre du club.

— Qu'est-ce qu'elle dit, la dame? demande tout doucement Isabelle à sa mère en suivant celle qui les mène vers l'arrière de l'auberge McIntyre.

Isabelle et sa mère suivent la dame jusqu'à deux petits bosquets qui semblent faire office de porte d'arche. Après les avoir traversés, elles suivent la dame dans un labyrinthe interminable bordé de petits arbustes de deux mètres de haut. Ces arbustes sont très denses et ne permettent pas de voir de l'autre côté.

— Madame, comment ferons-nous pour retrouver notre chemin de retour ?

— Le jour ? demande la dame qui entend toujours de travers. Oui, oui, vous pouvez venir le jour et le soir si vous voulez, il y a un système d'éclairage.

— De quoi elle parle ? demande encore Isabelle à sa mère.

— Je ne sais pas, mais de toute façon on n'a plus le choix de la suivre, sinon on ne retrouvera jamais notre chemin et tu ne participeras pas à ton tournoi !

Même si la situation est pour le moins bizarre, Isabelle et sa mère la trouve très amusante et divertissante. La dame continue de les mener de plus en plus loin à l'intérieur du labyrinthe. Elle s'y déplace avec une grande aisance et à une vitesse surprenante pour son âge avancé. Impossible pour Isabelle et sa mère de trouver le moindre repère.

— Ça y est, on est arrivé ! leur dit la dame avec un immense sourire édenté.

Le labyrinthe débouche alors sur une petite éclaircie au milieu de laquelle on peut voir un terrain de tennis sur herbe très bien entretenu. Tout autour, quatre poteaux soutiennent une bonne douzaine de projecteurs. Un interrupteur où il est écrit *on* et *off* est là, bien en vue. Juste à côté on peut voir écrit en grosses lettres : POUR LES MEMBRES DU CLUB SEULEMENT !

— Mais, madame, de quel club s'agit-il ? demande Loréanne en montrant du doigt la pancarte pour que la dame voie ce qu'elle vient de dire.

— Oui, oui, je sais, dit-elle, vous voulez faire partie du club. On va vous inscrire en temps et lieu, en temps et lieu ! Vous voulez voir votre chambre ?

La dame pose la question à Isabelle, mais celle-ci marche au beau milieu du court de tennis en admirant l'herbe fraîchement coupée.

— Maman, dit Isabelle en parlant très bas et avec respect, on dirait le terrain de Londres, on dirait Wimbledon.

— Je m'excuse, mademoiselle, c'est plutôt un terrain qui est une copie conforme de Wimbledon, en souvenir de la première propriétaire de l'auberge, madame Dorothea McIntyre.

— Est-ce qu'on va la voir ce soir ? demande Loréanne à la dame en mimant presque ses mots et en prononçant très fortement chaque syllabe.

— Ne parlez pas si fort, madame, je ne suis pas sourde, ou du moins pas tellement. Mais bien sûr que vous allez manger ce soir. C'est même moi qui dois vous faire le souper, le propriétaire a décidé d'ouvrir l'établissement seulement pour vous. C'est mon mari ! Le petit-fils de madame Dorothea. Depuis un bon bout de temps, tout est fermé ici. Il n'y a plus de visite depuis très, très longtemps. Mais je lui ai dit que vous vouliez devenir membre du club. Il viendra vous voir demain.

— Merci ! dit Isabelle en souriant.

— Oui, il va y avoir du riz, c'est très bon, le riz, et ça donne de belles dents, et les vôtres sont très belles, mademoiselle. Après le repas, je vais vous laisser seule ici, car je dois retourner à mon auberge.

— Où est votre auberge ? demande Loréanne en pointant son index vers quelques directions.

— Non, non, ce ne sont pas des canneberges, ce sont des cerises, des petites cerises pâteuses. Elles ne sont pas encore mûres.

La folle discussion se poursuit ainsi pendant tout le parcours dans le labyrinthe. La mère et la fille essaient de se trouver des repères pour pouvoir retourner au terrain de tennis un peu plus tard, mais peine perdue. Les chemins empruntés par la dame ne semblent avoir aucune logique ! Ce terrain de tennis est vraiment trop difficile d'accès pour penser y revenir seules, réalisent-elles en arrivant à l'auberge.

Après le souper, Isabelle et Loréanne se reposent enfin dans leur suite. Selon les informations que monsieur Léveillé a obtenues, Isabelle joue demain matin à 10 h. Si elle gagne, elle jouera son deuxième match à 16 h.

La suite où elles logent est vraiment très spacieuse et riche.

— On dirait le château de Versailles, dit Loréanne.

Il y a une chambre avec deux grands lits ainsi qu'une petite pièce remplie de livres et de photos sur trois murs. Tous les livres traitent de l'histoire du tennis, des Jeux olympiques de l'Antiquité et de l'avènement des jeux modernes. Isabelle trouve très inspirant de côtoyer ce monde qui célèbre le tennis.

— Je ne comprends toujours pas comment on a fait pour se rendre jusqu'ici, mais je te remercie, maman, c'est vraiment inspirant.

Pendant que Loréanne se détend dans un magnifique bain sur pattes, Isabelle fait ses exercices de simulation d'une partie dans le vide. Au bout d'un moment, elle décide de sortir sa raquette et de simuler des smashs, des revers et des coups droits. Comme elle l'expérimente depuis quelque temps, elle manie sa raquette tout doucement dans le vide, ce qui provoque lentement mais sûrement un léger déplacement d'air. Encore aujourd'hui, au bout de cinq minutes, elle commence à sentir une toute petite brise qui fait suite à ses déplacements continus, comme si elle créait elle-même un phénomène atmosphérique que monsieur Léveillé appelle *l'air du temps*. Il s'agit en fait de la base de ce qu'Isabelle comprend de *l'air du temps*.

Étant donné l'étroitesse de la pièce où elle s'entraîne pendant que sa mère prend son bain, les particules d'air qu'Isabelle agite rebondissent sur tous les murs de la pièce. Cela crée un petit vent. Pour la première fois, Isabelle sent que ce vent lui est d'un extrême bienfait. Au-delà de la détente qu'elle a toujours ressentie à l'intérieur d'elle-même en faisant ses drôles d'exercices, maintenant, elle ressent une sorte d'énergie supplémentaire.

— Je me demande si je vais pouvoir utiliser ça sur un court de tennis ? se demande-t-elle à voix basse.

— Qu'est-ce que tu dis ? lui demande sa mère dans la salle de bain située juste à côté.

— Rien, rien, je fais mes exercices !

— Pas trop tard, hein ! Il faut se rendre très tôt sur le site du tournoi demain matin pour les inscriptions, n'oublie pas !

— Ne t'inquiète pas, maman, je vais très bien !

Quand elle fait ses exercices d'un genre unique, Isabelle se sent effectivement très bien. Là, maintenant, dans cette chambre d'hôtel située dans un lieu vraiment perdu de la campagne, dans une maison qui a l'air d'un vieux château du Moyen Âge, elle se sent mieux que jamais. Il y a ce petit vent tout doux et revigorant qui fait même bouger ses cheveux et les fait voler dans les airs tellement le mouvement qu'elle exécute avec sa raquette aujourd'hui est fluide et ininterrompu.

— Isabelle, demande sa mère en sortant de son bain, tu peux fermer la fenêtre s'il te plaît ?

— La fenêtre ? Je n'ai pas ouvert de fenêtre, voyons !

— Tu es certaine ? Mais d'où vient ce courant d'air ?

— Je ne sais pas, maman ! répond Isabelle en souriant, voyant bien que ce courant d'air a été créé par ses propres mouvements. Cela la fait sourire et se sentir si bien. Jamais, d'ailleurs, elle ne s'est sentie si bien et si calme.

Isabelle continue encore et encore ses mouvements, elle a l'impression de flotter dans les airs, d'être sur un tapis roulant ou de littéralement voler, tellement tout est parfait. Ses pensées sont calmes et centrées sur tout ce qui se passe dans le présent.

— Vous aviez raison, monsieur Léveillé, le secret, c'est *l'air du temps*.

— Quoi ? L'air du temps, tu dis ? demande sa mère en s'essuyant juste à côté de la petite pièce où se trouve Isabelle qui continue à faire ses exercices et à créer ce vent mystérieux.

— Rien, rien, je n'ai même pas prononcé un seul mot, tout est dans ma tête. Alors, tu ne peux pas m'entendre, maman ! dit Isabelle dans sa tête.

— Mais oui, je t'entends, ma belle !

— Curieux, quand même, que ma mère entende ce que je dis, alors que je n'ouvre même pas la bouche ! se répète Isabelle en se concentrant sur le fait de ne pas parler tout en continuant ses mouvements.

— Quoi, ma chérie ? Tu dis ? Attends, je ne t'entends pas beaucoup, je m'essuie les cheveux ! dit Loréanne toujours dans la salle de bain.

Soudain, Isabelle fixe un point sur le mur situé juste en face d'elle. Tout autour, dans cette petite pièce, en plus des livres, il y a des photos de toutes sortes. Des photos de golfeurs, de chasseurs, mais surtout de joueurs de tennis. En fait, la plupart des photos relatent la carrière exceptionnelle de Dorothea McIntyre, une grande championne anglaise du début du 20e siècle. Isabelle se serait facilement et très naturellement intéressée à ces photos si sa concentration devenue tout à coup très profonde ne s'était pas fixée sur le papier peint qui recouvre le mur.

En fait, le papier peint ne représente à ses yeux que très peu d'intérêt à ce moment précis. Les murs sont en effet recouverts d'un vieux papier peint de couleur rouge et bleu royal, qui recrée dans ses motifs des lignes et des traits un peu aristocratiques. Ce papier peint donne une atmosphère grandiose et riche à la chambre. Tous les murs et même le plafond en sont recouverts. Entre ses murs, on a l'impression d'être entouré de rideaux de velours. Les autres murs sont pratiquement tous cachés par les photos et les livres, sauf un, qui attire l'attention d'Isabelle. Elle continue de faire ses mouvements comme jamais auparavant ; elle imagine la balle à sa droite, en haut de sa tête, à ras le sol, sur sa gauche ; alors elle frappe des balles imaginaires de son revers coupé, à plat en coup droit, en smash doux et fluide. Jamais son mouvement ne s'arrête. De l'extérieur, on pourrait penser qu'Isabelle danse. De l'intérieur, Isabelle se sent aussi comme si elle danse ; mais surtout elle sent que son jeu de tennis est parfait, que tout est fluide et que tout son corps participe à chaque mouvement.

Sur le mur, Isabelle fixe un tout petit point lumineux. Un point minuscule qui ne semble pas détectable à l'œil nu. Pourtant, plus Isabelle crée le vent léger de *l'air du temps* autour d'elle, plus ce point semble visible.

— Isabelle, je suis certaine qu'il y a une fenêtre d'ouverte ou la porte de la chambre. Je ne sais pas, mais on dirait qu'il y a du vent ici ! dit Loréanne en entrant dans la petite pièce en robe de chambre.

En voyant sa fille effectuer ses mouvements avec sa raquette, sa mère est prise d'un léger vertige ; comme si elle assistait à une cérémonie mystérieuse et inconnue. Elle veut lui demander pourquoi elle s'entraîne si longtemps, mais sa bouche ne s'ouvre pas. Tout ce qu'elle trouve à faire, c'est d'observer son petit génie de fille qui s'entraîne au tennis sans balle, sans terrain et sans adversaire.

— Il y a vraiment du vent, ma belle ! dit soudainement Loréanne en passant entre Isabelle et le mur que sa fille fixe depuis tout à l'heure.

Isabelle arrête finalement de bouger, mais continue de fixer ce point sur le mur devant elle.

— Tu as raison, Isabelle, il n'y a pas de fenêtre ouverte et la porte non plus ! Pourtant, j'ai bien senti un léger vent, dit-elle en rejoignant sa fille.

— Maman, c'est quoi cette petite lumière-là ? demande Isabelle en s'approchant très, très près du mur et du papier peint.

— Quelle lumière ?

— Là ! là !

Loréanne essaie de regarder dans la direction indiquée par sa fille, mais elle ne voit rien !

— Place-toi ici, maman, juste à ma place… tu vois ? Il y a comme une petite lumière qui vient de derrière la tapisserie !

Isabelle place sa mère à l'endroit exact où elle était en faisant ses exercices, mais le résultat est le même.

— Je m'excuse, mais je ne vois pas de lumière. Je pense que tu as trop bougé. C'est incroyable, comme c'est beau de te voir bouger comme ça avec ta raquette. Qui t'a appris cela ?

— Je ne sais pas, personne! répond distraitement Isabelle en continuant à fixer le point sur le mur.

— Ah! tiens! il n'y a plus de vent! C'est sûrement un courant d'air qui passe à travers les murs!

— Tu as sûrement raison, maman. Regarde!

Un tout petit coin de papier peint décolle à l'endroit précis où elle voyait le point lumineux. Loréanne rigole un coup en voyant ce petit bout de papier peint qui se détache du mur, puis, maniaque de propreté et d'ordre comme toujours, elle commence à essayer de le recoller.

— Tu vois, ma belle, il y a sûrement un courant d'air qui passe à travers ce mur, en tout cas. Pas normal que la tapisserie décolle comme ça!

Loréanne appuie une main puis deux et relâche le tout petit bout de papier en espérant le recoller facilement. Chaque fois qu'elle le relâche, le papier peint, au bout de quelques secondes, retombe un tout petit peu plus, à la grande joie d'Isabelle, qui adore ce genre de situation loufoque. Loréanne, trouvant cela très drôle aussi, essaie tout ce qu'elle a sous la main pour recoller la tapisserie ; sa salive, un bout d'enveloppe autocollante qu'elle a dans son sac à main, son mascara, sa colle à faux ongles, rien n'est épargné dans l'espoir de régler ce tout petit problème. Mais rien n'y fait, chaque tentative provoque immanqua-blement le fou rire quelques secondes plus tard, alors que le papier peint se décolle de nouveau irrémédiablement, et se déroule un tout petit peu plus.

— Oh ! non, Isabelle, il est déjà 11 h, il faut que tu te couches ; ça fait une heure qu'on essaie de réparer ça. On en parlera demain à la dame sourde. Viens te coucher, Isabelle.

— Attends, maman, tu as ta petite lampe de poche ?

— Quoi ! tu as une autre idée pour faire coller ça ?

— Non, mais… donne-moi ta lampe de poche et éteins toutes les lumières s'il te plaît !

— Quoi ?

Isabelle se place au même endroit que tout à l'heure. Elle observe le petit point laissé libre par le papier peint déroulé. Elle attend très patiemment et en silence que sa mère mette la lampe de poche dans sa main déjà tendue.

— Tiens, tu m'inquiètes chérie, je ne t'ai jamais vue si concentrée. Tu as vu quelque chose là-dedans? C'est un exercice pour le tennis?

— Éteins les lumières, maman, s'il te plaît!

— Oui, oui, ma belle!

Loréanne, un peu inquiète tout de même, éteint les lumières de la petite suite. La mère et la fille se retrouvent automatiquement dans le noir le plus complet. Isabelle est concentrée sur le petit point où le papier peint a décollé tout à l'heure.

— Isabelle? Tu es où, là? You hou! Je ne veux pas me cogner... peux-tu allumer la lampe de poche, s'il te plaît?

Au bout de dix secondes silencieuses qui sont apparues comme des minutes pour Loréanne, Isabelle allume la lampe de poche et redevient soudainement très enjouée.

— Maman, viens ici, regarde, je te l'avais dit, il y a un reflet qui brille. Il y a quelque chose derrière la tapisserie. Un objet brillant.

— De l'or peut-être, ma belle! On est entouré d'or ma chère fille. Ta médaille d'or olympique, c'est ici que tu vas peut-être commencer à la gagner.

— Maman, on va voir, O.K. ?

— Qu'est-ce que tu veux dire ?

Avant même que sa mère n'ait acquiescé, Isabelle, tout en tenant dans sa main droite la lampe de poche, s'est mise à décoller un tout petit peu plus le papier peint pour dégager l'objet caché.

— Isabelle, non ! je ne pense pas que ce soit une bonne idée !

— Tu veux tenir la lampe de poche ?

Sa mère prend la lampe de poche et éclaire le travail de sa fille. Elle donne ainsi son accord à ce qu'elle est en train de faire.

— On recollera tout demain. Ça existe, de la colle à tapisserie ?

— Oui !

— Bon, on ne brisera rien, je te le promets, tu vas voir.

Contrairement à ce qu'elle avait promis, Isabelle n'a pu faire autrement que de déchirer quelques morceaux. Loréanne place sur le sol, tel un casse-tête reconstituant le mur, les morceaux déchirés et décollés, de façon à pouvoir bien les replacer par la suite. Dans la pièce, la mère et la fille, concentrées sur leur travail méticuleux, n'ont pas rallumé les lumières et se sont contentées du faisceau de la lampe de poche. Au bout d'un bon moment de grande concentration, Isabelle s'est arrêtée, s'est replacée à son point d'observation et a demandé à sa mère d'allumer les lumières.

— Tu as vu quelque chose ?

— Allume, maman.

Isabelle n'a dégagé qu'un petit espace de 20 cm carré environ. Elle a fait tout cela avec une minutie incroyable. Sa mère a tout reconstitué sur le sol et réfléchit déjà à la façon de tout recoller sans que rien n'y paraisse. Tout en pensant à cela et en s'imaginant qu'aucun objet ne se cache véritablement derrière le papier peint, Loréanne rallume enfin en se disant qu'on ne s'ennuie jamais avec sa fille. JAMAIS.

— Maman, il y a quelqu'un !

— Quoi ?

— Il y a une dame, viens voir ! dit calmement Isabelle alors que sa mère est sur le point de paniquer, tellement l'éventualité que quelqu'un vive à l'intérieur des murs de ce vieux château l'effraie.

— Vite, viens, je te dis. Elle me fait signe de la main, elle me dit au revoir ! Elle est belle, très belle ! Elle est très jeune aussi ! Elle tient une raquette de tennis dans les mains.

Loréanne a le cœur qui bat très fortement. Elle est en sueur et croit même qu'elle va s'évanouir. Puis, très lentement, elle s'avance vers sa fille qui fait des petits signes de la main face au mur. La mère se place derrière l'épaule de sa fille puis regarde en direction du mur, là où le papier peint est dégagé. Aussitôt qu'elle voit la joueuse de tennis en question sur le mur, elle éclate d'un rire énorme. Un rire à la fois libérateur et tellement sincère qu'Isabelle aussi se laisse pénétrer par l'atmosphère agréable que ce rire crée.

— Qu'est-ce qu'il y a, maman ?

— Ma belle chérie d'amour, il n'y a pas que cette jeune joueuse de tennis à l'intérieur des murs, je suis là, moi aussi ! dit Loréanne en essayant de retrouver son souffle, tellement elle continue à rire aux éclats.

— Quoi ? Qu'est-ce que tu as vu ? Tu l'as vu, toi aussi ? Elle t'a fait une blague ? demande Isabelle de plus en plus amusée par la réaction de sa mère.

— Oui, une superbe blague ! Regarde, place toi derrière moi, dit Loréanne en se calmant un peu, et regarde par-dessus mon épaule, tu vas voir, je suis là dans le mur !

La mère et la fille se placent l'un derrière l'autre et éclatent toutes les deux d'un rire énorme et très sonore. Si fort en fait que la vieille dame un peu sourde accourt jusqu'à la chambre avec un vieux monsieur. Isabelle et Loréanne ne les aperçoivent pas, tellement elles sont occupées à rire et à s'amuser de leur méprise.

— Ma belle Isabelle, regarde, tu as découvert un miroir. Je suis là et… tu es là. C'est notre reflet.

— Pourtant, j'ai vu quelqu'un d'autre aussi, regarde bien !

Au moment où la mère et la fille se replacent pour observer leur reflet dans le miroir, la dame sourde et le vieux monsieur se placent derrière leur dos, si bien qu'Isabelle et Loréanne, qui ne les ont pas entendus entrer dans la chambre, les aperçoivent dans le miroir. Cette fois, même Isabelle est apeurée.

— Tu as vu ? Tu as vu, maman ? Ce n'est pas seulement un miroir, il y a quelqu'un qui y vit.

Il y a une dame et un monsieur et, tout à l'heure, il y avait une joueuse de tennis avec sa raquette !

— Quoi ? Vous avez vu une dame avec une raquette de tennis ? dit tout à coup le vieillard.

Isabelle et Loréanne se retournent instinctivement et aperçoivent la dame et le vieux monsieur dont elles viennent de voir le reflet dans le miroir. Loréanne a si peur qu'elle en perd connaissance.

* * *

Quelques minutes plus tard, tout le monde a repris ses esprits et le vieux monsieur, qui s'appelle Frank McIntyre et qui est le propriétaire de l'auberge, a fini de dégager un miroir très ancien.

— Excusez-moi encore une fois de vous avoir fait peur, dit monsieur McIntyre, on avait entendu des bruits…

— Oui, oui, mais bien sûr qu'il fait nuit ! dit sa femme.

— En fait, c'est moi qui ai entendu des bruits, ma femme est venue avec moi et on vous entendait faire tellement de sons, hein !

ma chère Jeannette ? dit-il en se retournant vers sa femme.

— Vous voulez des fruits ? Des petites reinettes ? Tout de suite, mon grand coquin ! Tu leur expliques bien que ce n'est pas trop grave pour la tapisserie. On voulait justement la remplacer, si on se décide un jour à rouvrir l'auberge ! Je reviens avec les fruits !

— Ce n'est pas nécessaire, madame, je n'ai pas faim !

— Vous avez raison, ça va vous faire du bien, madame ! À tout de suite !

Monsieur McIntyre l'embrasse et revient à Loréanne et Isabelle en riant un peu.

— Excusez-moi, je ne ris pas de ma femme, mais j'adore le fait qu'elle ne comprenne pas toujours bien ce que l'on dit. Je me retrouve toujours dans des situations incroyables et tellement amusantes. Je l'aime comme elle est, voilà tout ! Alors, comme ça, vous avez dégagé ce miroir… ?

— Oui, tout est de ma faute, monsieur McIntyre, dit tout de suite Isabelle, je suis désolée !

— Non, ça va, ça va. J'avais déjà entendu parler de ce miroir qui appartenait à mon arrière-grand-mère. Regardez, vous voyez toutes les sculptures de raquettes de tennis dans le bois, tout autour du cadre ? Il paraît que c'est un artisan de Londres qui l'a fabriqué. Ma grand-mère l'aimait beaucoup, paraît-il.

— Votre grand-mère habitait ici ?

— Oui, avant sa disparition !

— Sa disparition ?

— Oui, je ne pensais pas reparler de cela après toutes ces années, mais ça fait 52 ans aujourd'hui même ; elle était très vieille, elle avait le même âge que moi, 72 ans, et elle a dit à sa sœur qu'elle allait frapper des balles sur son terrain de tennis dans le bois, mais elle n'est jamais revenue.

— Qu'est-ce qui est arrivé ?

— La police l'a cherchée pendant des mois, des années. Ça a fait la chronique des journaux pendant longtemps, car elle était très populaire.

— Comment elle s'appelait ? demande Loréanne.

— Ah ! aujourd'hui elle est complètement oubliée. Ma grand-mère était la célèbre championne de tennis Dorothea McIntyre.

Frank McIntyre s'arrête de parler et les regarde droit dans les yeux. Mais en voyant qu'elles ne réagissent pas, il rit un peu.

— Ça ne vous dit rien, n'est-ce pas ?

— Non, désolé !

— Vous savez qu'elle a gagné sept fois le tournoi de Wimbledon !

— Tu l'as vue jouer, maman ? Tu es déjà allée voir un tournoi là-bas ? demande Isabelle.

— Ça me surprendrait que ta mère l'ait vue jouer, elle a gagné ses tournois entre 1903 et 1914.

— Ça fait longtemps, ça ? demande Isabelle en essayant de compter pour savoir quel âge avait sa mère à cette époque.

— Ça fait plus de 100 ans !

— Alors, maman, tu ne la connais sûrement pas !

— Je suis vieille, mais pas tant que ça.

Monsieur McIntyre continue à raconter l'histoire de sa grand-mère. Il leur fait part de tout le drame que sa disparition a créé dans le monde entier.

— On ne l'a jamais retrouvée. Je me rappelle, j'avais dix ans à l'époque et on la cherchait tout autour de la maison. Elle était anglaise et personne ne savait vraiment qu'elle habitait au Canada. Elle adorait vivre ici dans la campagne avec son terrain de tennis privé. Pendant des mois et des années, il y avait des dizaines et des centaines de personnes qui venaient ici dans sa maison et tout autour. Ils prenaient des photos et ils espéraient trouver des indices qui permettraient de la retrouver. C'est ce qui a donné à mon père l'idée de modifier la maison et d'en faire une sorte de musée, puis une auberge. Il y avait toujours tout plein de gens et tellement de journalistes. Tout le monde piétinait le terrain de tennis et détruisait l'herbe, alors qu'en souvenir de ma grand-mère, on voulait garder tout ça intact. Mon père a alors décidé de fonder un club et de construire patiemment un immense laby-rinthe. Seuls ceux qui étaient membres du club et qui pouvaient donc retrouver leur chemin dans ces dédales de bosquets, avaient le privilège de jouer sur un court en tout point identique au court principal de Wimbledon.

— Quoi? demande Loréanne, c'est le même court qu'à Wimbledon!

— L'herbe y est même mieux, parce que presque plus personne n'y joue. Les membres du club se font vieux et ma grand-mère n'est presque plus connue. Voilà pourquoi ma femme, qui a je ne sais trop comment compris un peu de ce que vous vouliez dire, vous a pris pour des admirateurs de ma grand-mère. Elle a cru que vous vouliez vous inscrire dans son club et en devenir membre.

— Ce n'est pas ça qu'on a dit et ce n'est pas ça qu'on recherchait en venant ici, mais, oui, votre femme a sûrement un sixième sens, parce qu'elle a raison, on veut devenir membre du club de votre grand-mère. Comment s'appelle-t-elle déjà?

— Dorothea McIntyre, née en 1888, a même gagné la médaille d'or à vingt ans aux Jeux olympiques de Londres de 1908.

— Ah oui?

Isabelle devient aussitôt très rêveuse. Elle n'en revient pas de la chance qu'elle a de s'être retrouvée ici en préparation de son tournoi.

— Où signe-t-on si on veut devenir membre? J'aimerais bien jouer sur ce terrain.

— Très facile, suivez-moi! Oh! un petit détail, ma grand-mère avait établi un règlement très strict. Pour devenir membre de son club, il faut avoir gagné un tournoi national.

Quel est, madame, dit monsieur McIntyre en s'adressant à Loréanne, le tournoi national que vous avez gagné et en quelle année?

— Je n'ai gagné aucun tournoi de cet envergure.

— Oh! désolé!

— Mais, ma fille...

— Quoi? Mais vous êtes si petite... Vous savez que ma grand-mère n'était pas très grande?

— Je sais... je... je l'ai vue tout à l'heure!

En sortant le grand registre de l'hôtel, monsieur McIntyre observe la petite Isabelle et se demande ce qu'elle veut dire par là! Mais il évite de la questionner.

— Alors, mademoiselle, vous dites quel est le nom du tournoi et la date où vous l'avez gagné.

— C'est le tournoi national...!

— Attendez que j'écrive ça ici dans le registre des membres. Voilà! Tournoi national...

— ... junior...

Après une petite hésitation où monsieur McIntyre réfléchit à l'admissibilité d'un tournoi junior, il recommence à écrire.

— Junior, c'est excellent! L'endroit et la date de la réussite?... C'est pour nos archives et pour valider bien entendu. Jusqu'ici nous avons comme membre Evonne Goolagong, Steffie Graff, Arantxa Sanchez-Vicario, Chris Evert, Guillermo Vilas, Arthur Ashe (à titre posthume) et tout plein de joueurs célèbres... donc... vous dites?

— Tournoi national junior disputé à Sherbrooke les 11, 12 et 13 mai 2012.

— Je note, je note... et 13 mai 2012. Mais, mais, c'est cette année, c'est dimanche qui vient, le 13 mai. Je serai là, on fait une cérémonie spéciale avant la finale pour commémorer la mémoire de ma grand-mère!

— Excuse-moi, Isabelle, dit Loréanne en interrompant la discussion, mais tu n'as pas encore gagné le tournoi. D'ailleurs, ton premier match est dans quelques heures, imagine-toi qu'il est une heure du matin!

— Oups, il faut que j'aille me coucher!

— Bon! alors bonne nuit! Votre inscription sera analysée et j'aime bien la confiance avec laquelle vous m'assurez que vous allez gagner un tournoi avant même qu'il ne soit commencé. Vous avez l'attitude des grandes championnes. Entre-temps, puisque vous êtes désormais officiellement sur nos listes, même si votre candidature est à l'étude, si vous le voulez bien, demain matin, vous pourrez frapper quelques balles sur le court.

— Ah oui?

— Oui!

— Génial, merci! Je vais jouer à Wimbledon!

— Mais avant de rêver, ma belle, il faut dormir et te reposer.

— Oui, ta mère a raison! Bonne nuit! Si vous avez besoin de quoi que ce soit, vous n'avez qu'à rire un bon coup et un peu fort et, comme vous avez pu le constater, je serai là dans quelques minutes.

Sur ces mots, la femme de monsieur McIntyre arrive avec une petite collation faite à base de pommes de reinette que Loréanne et Isabelle déguste avant d'aller au lit.

— C'est justement le plat que ma grand-mère mangeait toujours avant d'aller se coucher et elle a gagné beaucoup de tournois.

— C'est de bon augure!

Au moment où la dame quitte les lieux, monsieur McIntyre profite du fait que

Loréanne se dirige vers la salle de bain pour poser une question à Isabelle.

— Qu'est-ce que vous vouliez dire quand vous avez dit que vous aviez vu ma grand-mère ?

— Je… je ne suis pas assez certaine… je vous en reparle demain !

— Bon ! d'accord, rendez-vous à sept heures sur le court central de Wimbledon au Canada !

— Je me lève toujours tôt !

Puis, en voyant que monsieur McIntyre quitte en transportant le miroir, Isabelle lui demande :

— Est-ce que ça vous dérangerait si je gardais le miroir dans notre suite ? J'aimerais bien le regarder un peu en détail.

— Non, non, aucun problème ! Tenez et bonne nuit !

— Bonne nuit !

— Bonne nuit ! monsieur McIntyre, dit Loréanne en sortant de la salle de bain.

— Mais, ma belle, qu'est-ce que tu fais avec le miroir ?

— Je veux en avoir le cœur net, maman, la joueuse de tennis que j'ai vue dans le miroir…

— C'était toi, voyons! C'est un miroir, ma belle, et viens te coucher!

— Oui, mais elle avait une raquette dans les mains alors que moi, non!

Sa mère ne l'écoute même plus. Isabelle dépose le miroir dans la petite pièce adjacente à la chambre et va se coucher. Demain, elle essaiera d'en savoir un peu plus sur cette dame dans le miroir.

CHAPITRE 4

Une nuit très courte, une adversaire de taille

Vers trois heures du matin, Isabelle se réveille subitement. Elle vient d'entendre un bruit dans la petite pièce. De plus, elle sent un courant d'air qui lui frappe le visage. Sans réveiller sa mère, elle se lève. Avant de se coucher, Loréanne a placé le miroir contre le mur, la surface réfléchissante tournée vers le papier peint.

Isabelle se sent complètement éveillée. Elle a l'impression d'avoir dormi une bonne dizaine d'heures. Pourtant, jusqu'ici dans la nuit, elle a dormi deux heures à peine. Comment fera-t-elle pour gagner ses deux matchs dans quelques heures ? Mais le petit vent qu'elle sent en s'approchant du miroir et de la petite pièce au papier peint la rassure. Pour ne pas réveiller sa mère, elle n'allume pas les lumières. Elle saisit plutôt la petite lampe de poche et éclaire toute la pièce.

Tout doucement, comme si elle visitait un musée, elle commence par regarder les dizaines de photos qui habillent les trois murs. Dorothea y est représentée tout au long de sa vie et de sa carrière. Pendant une bonne demi-heure, Isabelle a l'impression de plonger dans un passé lointain et fascinant. Sous chacune des photos, un petit texte est écrit.

— Dorothea a à peine quatre ans et déjà elle ne pense qu'au tennis. Depuis son anniversaire, elle ne se sépare jamais de sa raquette toute neuve, le jour comme la nuit!!!

Sur la photo qui surplombe ce texte, on peut voir la petite Dorothea dormir au milieu de dizaines de balles. Ses cheveux bouclés et ses tout petits bras enserrent passionnément une raquette de tennis.

— Dorothea, championne de son quartier à l'âge de sept ans.

— Dorothea effectue sa première visite à Wimbledon à l'âge de huit ans. Selon les histoires qui ont été racontées concernant cette visite, quand elle a vu l'herbe sur le court, elle s'y est couchée et a refusé de se relever.

— Dorothea, championne olympique à Londres en 1908. Sa médaille d'or au cou, la championne au visage d'enfant continue à jouer comme dans un rêve. Même adulte, on a toujours l'impression qu'elle s'amuse.

Isabelle regarde chacune des photos avec grand bonheur. Cette femme semblait si passionnée, pense-t-elle. Les photos s'étalent tout autour de la pièce. Isabelle se rend compte que, même au plafond, des photos et des textes sont collés. Définitivement, cette pièce est particulière.

Pour bien voir, Isabelle recule. Elle se prend les pieds dans le miroir, qui vacille et tombe sur le côté. Isabelle le ramasse et le replace au mur. Derrière le papier peint, une espèce de petite embrasure a été pratiquée pour que le miroir s'y encastre parfaitement. Isabelle l'y replace et recule pour se regarder dans cette glace magnifique.

Tout à coup, Isabelle se rend compte que ce n'est plus elle qu'elle voit, mais plutôt la petite Dorothea tenant une raquette de tennis.

Curieusement, elle n'a pas peur de ce phénomène mystérieux et inexplicable.

— Merci de m'avoir libérée! dit la jeune
femme dans le miroir.

— Vous êtes Dorothea McIntyre, c'est bien
ça?

— Oui, et toi?

— Je m'appelle Isabelle Leduc!

— Oui, oui, oui, j'ai entendu parler de toi!

— Mais vous êtes où, là?

— Ouf! C'est une longue histoire et laisse-
moi te dire que je ne suis pas tout à fait certaine de l'endroit où je suis vraiment.

— Votre petit-fils m'a dit que vous aviez
disparu!

— Oui… en 1960… ils m'ont cherchée pendant des heures, des jours, des années, et moi
j'étais là, je criais, je parlais, je chuchotais la
nuit, mais personne ne m'entendait. Non, ce
n'est pas vrai, il y a parfois des gens qui me
voient et qui m'entendent, comme toi, par
exemple. Malheureusement ou… heureusement, je ne sais pas!

— Pourquoi, malheureusement!

— De toute façon, tu m'entends, alors…
Non, je dis malheureusement parce que les

seules personnes qui me voient se retrouvent, à un moment donné, face à un choix à faire.

— Quel choix ? demande Isabelle en parlant bas pour ne pas réveiller sa mère.

— Non, non, ma belle, ne parle pas tout bas, ta mère ne t'entendra pas, tu es comme hors du temps. Si les gens te voyaient présentement, ils croiraient que tu te regardes dans le miroir tout simplement.

— Je peux parler fort ?

— Et aussi longtemps que tu veux… regarde ta montre, l'aiguille des secondes s'arrête.

Isabelle n'a pas de montre.

— Attendez, je vais aller chercher la montre de ma mère !

— Attends, attends ! dit Dorothea, ne pars pas.

Isabelle ne l'écoute pas et court chercher la montre de Loréanne qui dort toujours d'un sommeil agité, mais Isabelle ne s'en occupe pas trop. Elle retourne à toute vitesse vers le miroir. Elle constate que l'aiguille des secondes bouge toujours.

— Dorothea, dit-elle en se replaçant face au miroir, ce n'est pas vrai, le temps continue à s'écouler en tout cas…

En disant cela, Isabelle se rend compte que Dorothea n'est plus face à elle de l'autre côté du miroir. Dans le reflet, elle ne voit qu'elle-même.

— Dorothea, où es-tu ?

— Isabelle, mais à qui tu parles ?

Sa mère vient de se réveiller et, en se dirigeant vers la salle de bain, elle passe derrière sa fille.

— Moi… euh, je… tu m'as entendue ?

— Mais oui, tu m'as même réveillée, ma belle.

— J'ai dû faire un rêve, maman !

— Tu m'inquiètes, Isabelle, tu as un match de tennis à dix heures et si tu perds, fini ton rêve !

— Ne t'inquiète pas, maman, je me sens en pleine forme.

— Tant mieux, moi je n'arrête pas de faire des cauchemars. Quelle heure est-il ? Qu'est-ce que tu fais avec ma montre ?

— Je… j'avais l'impression qu'elle s'était arrêtée !

— Ah oui ?

Loréanne laisse sa montre entre les mains de sa fille et se rend aux toilettes. Isabelle se demande si elle a rêvé tout cela. Elle fixe l'aiguille des secondes, qui bouge normalement ; 3 heures 12 minutes 10 secondes, 11, 12, 13….

— Tiens, l'aiguille s'est arrêtée. Maman ! maman ! dit Isabelle en se dirigeant vers la salle de bain.

Elle trouve sa mère debout immobile dans l'ouverture de la porte. Isabelle lui touche l'épaule et lui dit :

— Maman, c'est curieux, regarde, l'aiguille de ta montre s'est tout à coup arrêtée et…

Isabelle s'arrête soudainement de parler. Elle se rend compte que non seulement la montre s'est arrêtée, mais que sa mère semble maintenant figée dans le temps. Elle est là, debout, éveillée, les yeux ouverts, la main droite qui tient la poignée de la porte de la salle de bain, mais elle est immobile.

— Maman, qu'est-ce qui t'arrive ? Maman, réponds-moi !

Isabelle est un peu paniquée par ce qu'elle voit. Du miroir lui parvient alors une voix, beaucoup plus lente que la voix de tout à l'heure. Pourtant, elle reconnaît l'accent anglais et les intonations de Dorothea. Isabelle se dirige vers le miroir où elle retrouve une Dorothea âgée d'au moins 70 ans.

— Dorothea, tu… euh… vous êtes devenue…

— Oui, ici, mon apparence change continuellement, selon l'époque de ma vie à laquelle je pense.

— Mais tu… vous…

— Tu peux me tutoyer, ma belle amie…

— Vous… tu vis dans ce monde depuis ta mort ?

— Voilà le problème et le côté merveilleux de tout ça. Je vis ici dans ce monde de l'autre côté de ce miroir, mais je ne suis pas morte. Tant que je resterai ici, je ne vieillirai pas et je ne mourrai pas. Pourtant, j'aimerais bien retourner voir le monde une bonne fois, surtout qu'ici parfois…

À ce moment-là dans le miroir, derrière Dorothea, un homme aux yeux rouges s'avance et place son visage devant le sien. Un éclair puissant éclate tout autour dans le miroir. L'homme fait un sourire à Isabelle. Mais ce sourire lui donne froid dans le dos, car cet homme a l'air très peu amical. Isabelle se frotte les yeux. Quand elle regarde à nouveau, l'homme n'est plus là ! Ni Dorothea, d'ailleurs !

— Mais comment est-ce possible ? Qu'est-ce qui est arrivé ? Et ce monde, qu'est-ce que c'est au juste ? Est-ce que je deviens folle ou quoi ? C'est sûrement un cauchemar que je fais… Rien de tout ça n'est vrai !

Dorothea réapparaît.

— Ça y est, ne t'inquiète pas, j'ai chassé cet homme. Il ne devrait plus revenir… je l'espère !

Isabelle est nerveuse comme elle ne l'a jamais été auparavant. Elle voudrait tant que ce qui lui arrive ne soit pas vrai. Elle se dirige vers sa mère et essaie de la ramener vers son lit.

— On dirait que ma mère est une statue de pierre ! se dit-elle tout haut.

— Pire qu'une statue de pierre ! Même le plus fort des plus forts ne pourrait pas bouger ta mère. Elle est hors du temps, tu es entrée dans mon monde, et ici derrière ce miroir, il n'y a plus de temps. On m'avait dit qu'un jour, quelqu'un pourrait peut-être me voir dans le monde où je suis rendue, mais je n'y croyais plus !

— Bon, écoute-moi, Dorothea, admettons que je me calme un peu et que je me dise que tout ça n'est qu'un rêve…

— Ce n'est pas un rêve Isabelle !

— Chut ! chut ! chut ! laisse-moi aller… ce sera plus facile pour moi comme ça ! Donc, si c'est un rêve… je peux me dire que c'est quand même un peu rigolo, tout ça, non ?

— Voilà l'attitude à adopter. Faire comme si tout était normal, rêve ou pas. Voilà aussi ce que je me suis dit quand je me suis retrouvée dans ce monde.

— Bon ! tu vois, Dorothea, je regarde ma mère changée en statue de plâtre, je regarde la montre qui ne bouge pas et je te regarde alors que je devrais me regarder, et je me dis parfait, tout est parfait. De toute façon qu'est-ce que ça changerait si je paniquais, hein ?

— Rien, Isabelle, rien.

— Mais Dorothéa, maintenant que tout ça me calme un peu, maintenant que je me dis que tout ça est sans doute un rêve, je me demande quand même comment tout ça t'est arrivé.

— Ah ! ça, c'est une longue histoire.

— De toute façon, puisque le temps s'est arrêté, longue ou pas, je t'écoute !

— Je vais te dire ce que j'en sais. Parce que de ce côté du miroir, il n'y a pas d'encyclopédie ni de grands sages qui t'expliquent tout. Non. Il y a plein de gens qui vont et qui viennent, mais qui ne s'expliquent pas non plus ce qui leur est arrivé. Il y a de grands dangers aussi…

— Oui, mais avez-vous vraiment disparu, comme dans un tour de magie ?

— Non !

— Mais alors ?

— Ça s'est passé il y a 52 ans. C'était la dernière journée de compétition à Wimbledon, en Angleterre. Comme tu le sais sans doute après avoir regardé mes photos, je suis une grande admiratrice de ce tournoi.

— Oui, et vous avez fait construire en secret un terrain identique à celui qu'il y a à Londres !

— Oui, alors, comme à chaque matin, et malgré mes 72 ans, j'ai fait un peu de jogging en direction de mon terrain. Là, j'ai commencé à frapper des balles toute seule. Je faisais des services, deux, trois, quatre, une dizaine. Puis je changeais de côté de terrain, je me frappais des lobs et ensuite j'essayais de *smasher*. J'essayais de m'amuser.

— À 72 ans ?

— Il n'y a pas d'âge pour s'amuser, ma belle. Le tennis est un jeu. J'adore ce jeu, je l'ai toujours adoré. Tu sauras, ma belle, qu'à 72 ans, j'aurais pu battre des championnes de l'époque, je crois bien.

— Excuse-moi, Dorothea. Donc, 72 ans ou pas, tu jouais au tennis.

— Oui, c'est ça ! Mais malgré toute ma bonne forme physique, tu n'as pas complètement tort en réfléchissant à mon âge. Je me suis mise, ce matin-là, à me sentir un peu fatiguée. Alors j'ai décidé de ne plus aller chercher les balles sans arrêt. Je me suis plutôt mise à jouer dans le vide. Un peu comme toi tu fais.

— *L'air du temps* c'est ça ?

— Oui, *l'air du temps*, j'aime beaucoup cette expression. Quand je te vois faire, parfois…

— Vous me voyez faire ?

— Oui, partout où il y a un miroir, je peux regarder comme par une fenêtre !

— Vous êtes vraiment à l'intérieur du miroir ?

— Oui !

— Mais avant que je dégage ce miroir ?

— Ah! ce miroir est spécial, parce que c'est celui par lequel je suis entrée ici. C'est aussi celui par lequel on peut me voir, je crois. En tout cas, toi, tu me vois!

— Mais comment sais-tu tout ça sur moi? Je viens tout juste de dégager ce miroir de derrière la tapisserie.

— Je vois à travers tous les miroirs de la planète. Je peux même te voir et voir tout le monde quand tu te regardes dans un lac par exemple. Ou sur le reflet d'une voiture toute propre.

— Tu peux voir tout le monde dans les salles de bain du monde entier?

— Eh oui!

— Quand je me brosse les dents, tu me vois?

— Eh oui! Et toi, c'est un moindre mal, parce que tu es très propre et que tu fais de beaux sourires avec tes dents blanches dans ton miroir chez toi. Mais imagine que j'en vois de toutes les couleurs. Il y a des gens qui ont des dents affreuses, des jaunes, des noires, des presque vertes. Tu sais, ma belle Isabelle, il y a des gens qui ne se brossent même pas les dents!

— Ah oui?

— Je te jure!

— Mais comment tu fais et tu es où exactement?

— Je ne sais pas! Je suis nulle part et je suis partout en même temps, je peux aller partout pendant des heures et des heures, mais je ne peux être qu'à des endroits qui sont reflétés dans un miroir ou un lac, ou …

— Mais comment tu t'es retrouvée là?

— Je ne sais pas trop. Je frappais des balles invisibles sur mon terrain de tennis, comme je te disais, et je me suis sentie si bien. Je sentais que je pouvais frapper des balles à l'infini. J'étais si bien que je ne pouvais plus m'arrêter. J'étais comme hors du temps. Je ne sais pas si j'ai joué une heure, une minute, dix heures, trois jours, je ne sais plus. J'arrivais à sentir le secret de mon succès au tennis. Puis, sans que je m'en rende compte, les nuages se sont accumulés au-dessus de ma tête et un violent orage a soudainement éclaté. En une dizaine de secondes, tout le ciel s'est à la fois obscurci et illuminé. Un homme s'est approché. Il avait des yeux rouges. Je me rappelais l'avoir déjà vu mais je ne le connaissais pas. J'avais eu beaucoup d'admirateurs dans ma vie. Il m'a dit : « Je vais maintenant obtenir ton secret, le secret de ton succès au tennis. » Tout autour, il y avait des éclairs et des coups de tonnerre grandioses. Puis, alors que la lumière d'un éclair s'estompait, je me suis rendu compte que l'homme n'était plus là. Je croyais avoir rêvé. Puis les éclairs ont repris de plus belle. Au lieu de paniquer, j'ai décidé de terminer au moins mes deux dernières balles.

Au moment même où je m'apprêtais à faire un dernier coup droit invisible avec une balle invisible, un éclair m'a frappée de plein fouet et m'a clouée au sol. Devant mes yeux, j'ai vu cet homme avec une raquette de tennis qui se tenait au-dessus de moi. Dans ses mains il tenait aussi un miroir, mon miroir, celui que j'avais gagné à Wimbledon. Il riait. Il m'a dit : « Je t'emmène avec moi et tu vas tout me dire. » Derrière lui, il y avait des monstres, des bêtes féroces. Je faisais un cauchemar, j'en étais certaine. Puis il a disparu à nouveau dans un éclair et j'ai cru le voir rentrer dans mon miroir avec ses bêtes. La pluie venait tout juste d'inonder tout le terrain. Si bien que je ne voyais plus de l'herbe mais plutôt une rivière qui coulait sous mes yeux. C'est là, en voyant mon reflet dans l'eau, que je me suis vue plus jeune, toute petite, la journée de mon mariage aussi… Je voyais mon reflet à tous les âges. Je voyais tout ça comme au cinéma et c'était franchement très agréable. J'étais encore dans cet état vraiment exceptionnel que j'avais ressenti quand on est hors du temps.

Alors, je n'ai pas bougé, je ne me suis pas éloignée de ce reflet dans l'eau et j'ai continué à m'observer. Puis un autre éclair m'a malheureusement frappée et je me suis vue en train de mourir, je crois. J'ai tout de suite réalisé que je ne jouerais plus jamais au tennis. Je sentais plein de regrets. Je me demandais si j'avais fait assez de choses dans ma vie et, surtout, je me demandais : « Est-ce que j'ai partagé mon savoir avec quelqu'un ? » Une grande tristesse m'a envahie, puis j'ai continué à voir mon reflet dans les flaques d'eau qui continuaient à se changer en véritable lac miroir. Dans mon reflet, j'ai vu tous les gens qui m'avaient montré des choses et j'ai voulu les serrer dans mes bras. Au moment où j'ai essayé de toucher à mon reflet avec ma main droite, un troisième éclair m'a frappée et j'ai été happée vers l'eau.

Je me suis retrouvée en un seul instant de l'autre côté de ce miroir humide. Je sais que mon petit-fils, celui qui garde ma maison maintenant, celui que tu as rencontré, je sais qu'il m'a cherchée. Je l'ai même vu plusieurs fois regarder dans ma direction et je lui faisais des signes joyeux, mais il ne m'entendait pas. Il avait l'air si triste, il me croyait morte ou je ne sais trop. Moi, je lui criais que j'étais là et que je voulais lui parler des secrets du tennis que je connaissais. Puis, au fil des jours, des mois et des années, j'ai bien vu que je n'étais plus au même endroit que tout le monde.

Je suis rendue de l'autre côté des miroirs. L'homme aux yeux rouges est là, il m'observe parfois, mais il ne me dérange pas. Il attend que je lui révèle mon secret. Je ne le ferai jamais. Malheureusement, je n'ai aucune idée de la façon de revenir du côté où tu es, Isabelle. Je pourrais t'apprendre tant de choses.

— Incroyable ! Si je ne savais pas que je rêve, je me dirais que c'est la plus belle histoire que j'ai jamais entendue !

— C'est vrai ? Ah ! c'est gentil, ça me fait tellement de bien de parler à quelqu'un. Ça fait une éternité et même plus encore que je parle, je chuchote ou que je raconte mille histoires aux gens qui se regardent dans le miroir, mais personne ne m'écoute, personne, jamais, ou presque personne.

— Il y a moi, je t'écoute, Dorothea !

— Merci, merci, merci… Il y a aussi des gens fantastiques qui ne me répondent pas mais qui, j'ai l'impression, m'entendent. Ton gérant, monsieur Léveillé, je lui ai tout dit de ce que je connaissais sur toi pour qu'il t'aide. Je ne pensais jamais qu'il m'entendait aussi bien, mais visiblement tu as réussi à apprendre *l'air du temps*.

— C'est toi qui lui a montré ça ?

— Oui, de derrière l'affreux miroir de sa salle de bains. Il est tout petit, à moitié détruit et décoloré, et je m'y sens tellement à l'étroit, mais peu importe : il aime tellement le tennis et il croit tellement en toi. Je sais qu'il a réussi à m'entendre. Il te veut vraiment du bien et il va tout faire pour t'apprendre des choses importantes sur le tennis. Écoute-le. C'est le seul à part toi qui réussit à m'entendre, alors écoute-le !

Au même moment, le téléphone dans la chambre se met à sonner. Un éclair se produit dans le fond du miroir. Isabelle est aveuglée. De petites étincelles sortent de la lampe de poche d'Isabelle et la lumière s'éteint tout d'un coup. Dans la chambre d'Isabelle et Loréanne, il est 3 heures 13 minutes 13 secondes, c'est le noir complet et le temps reprend tout à coup son cours. Le téléphone sonne et la mère sort de sa léthargie, puis se met à bouger. Les secondes reprennent aussi leur cours; à 3 heures 13 minutes 17 secondes, Loréanne, après s'être emmêlée dans les jambes de sa fille, toujours étendue par terre dans la petite pièce au miroir, répond au téléphone.

— Oui, allô!

— *Madame Martin?*

— Monsieur Léveillé?

— *Oui, tout va bien?* demande-t-il avec une voix très nerveuse.

— Mais oui, tout va bien, pourquoi vous nous appelez en pleine nuit comme ça?

— *Isabelle va bien aussi?*

— Isabelle? Mais oui, je crois…

— *Vous croyez? Comment ça, vous croyez?*

— Monsieur Léveillé, calmez-vous, voyons!

Loréanne allume la lumière de la chambre et aperçoit Isabelle étendue par terre, songeuse et encore un peu sous le choc de ce qui vient de lui arriver.

— Isabelle, ça va ? Isabelle…

— *Est-ce que ça va ?*

— Je ne sais pas, elle est étendue par terre et elle ne bouge pas !

— *Oh ! non, oh ! non, je le savais, je viens de faire un horrible cauchemar…*

— Attendez une minute, je vais aller la voir !

Loréanne s'approche de sa fille qui se relève tout doucement.

— Ça va ?

— Oui, je viens de faire un terrible cauchemar !

Au bout de cinq minutes, tout s'éclaircit. Monsieur Léveillé et Isabelle, après s'être raconté leur cauchemar respectif, des cauchemars remplis de miroirs, ont décidé d'en rire et de retourner se coucher.

* * *

Au déjeuner, Isabelle est, curieusement, en très grande forme. Sa mère en est assez surprise. Elle vient de frapper quelques balles sur le terrain de tennis de l'auberge avec Frank McIntyre. En se réveillant un peu plus tôt, Isabelle a regardé le miroir et s'est convaincue que tout cela était le fruit de son imagination et de la nervosité face au grand défi qui l'attendait. Monsieur Léveillé les rejoint un peu plus tard lorsque le tournoi commence. Isabelle affrontera d'abord Lynn Markus, une jeune joueuse de 14 ans qu'elle a déjà affrontée dans un tournoi l'an dernier.

Vers 9 h 15, elle accompagne sa mère et son entraîneur sur le court principal où la championne canadienne mène déjà quatre à zéro contre son adversaire. Isabelle n'en revient pas de la puissance et de la précision des coups de la championne. Heureusement, elle n'aura pas à l'affronter, ni aujourd'hui, ni demain.

— Ce soir, on se couche tôt! lui dit sa mère en bâillant.

Le premier match d'Isabelle ne se déroule vraiment pas comme prévu. Tout d'abord, Lynn Markus a grandi d'au moins dix centimètres depuis l'an dernier, alors qu'Isabelle n'a pas bougé d'un iota côté grandeur. De plus, la jeune Ontarienne a acquis beaucoup de force et de précision dans son jeu. Elle a réussi à trouver une faille dans le jeu d'Isabelle : l'alternance des amortis et des coups en profondeur. Avec ses petites jambes et malgré sa grande vitesse, Isabelle est particulièrement vulnérable à ce type d'échange. Au tennis, la première joueuse qui gagne deux sets élimine l'autre du tournoi. En ce moment, Lynn Markus a déjà remporté le premier, six à deux. Monsieur Léveillé est autorisé à venir parler à sa jeune protégée entre les deux sets.

— Qu'est-ce qui se passe ? lui demande son entraîneur de plus en plus inquiet.

— Je ne sais pas trop !

Loréanne, dans les estrades, est vraiment très inquiète ; c'est la première fois depuis au moins six mois qu'Isabelle perd un set. Elle craint que sa fille ne se décourage après ce premier échec. Dans les gradins, juste à côté d'elle, des parents et amis de la joueuse ontarienne jubilent. Loréanne a bien vu, elle aussi, que sa fille n'est pas de taille à côté de cette joueuse qui est bien plus expérimentée. Elle se demande comment sa fille réagira à cette débandade. Monsieur Léveillé, lui, essaie de trouver des solutions.

— Isabelle, tu as vu ce qu'elle fait ?

— Oui, elle a trouvé ma faiblesse. Je ne savais même pas que j'avais cette faiblesse.

— Moi non plus, je ne le savais pas.

La stratégie employée par monsieur Léveillé dans la progression de sa protégée était de la faire jouer tout doucement contre des joueuses de tennis plus fortes. Il ne voulait pas la brûler. Tout à coup, il se rend compte qu'il l'a probablement surprotégée. Il ne croyait jamais qu'elle voudrait aller aux Jeux olympiques si jeune. Mais comment remédier à cela, en quelques secondes, alors qu'elle a une adversaire beaucoup plus coriace devant elle?

— Monsieur Léveillé?

— Oui, Isabelle!

— Qu'est-ce que je fais pour gagner ce match?

— Tout d'abord, ma belle, il faut oublier le premier set et… et… euh…

— Mais est-ce que je frappe la balle profondément? J'y vais en lob? J'attaque le filet? Je fais quoi pour la battre? Je dois gagner si je veux aller aux Jeux olympiques!

Devant le silence gêné de monsieur Léveillé qui n'ose pas lui dire que la partie est perdue selon lui, Isabelle essaie de trouver une solution par elle-même. Monsieur Léveillé a plusieurs idées de stratégies qui trottent dans sa tête, mais il a trop frais en mémoire le rêve ou plutôt le cauchemar de la nuit dernière. Dans ce rêve, la petite Isabelle, non seulement perdait le premier set comme cela vient de lui arriver, mais en plus elle subissait une profonde coupure au bras droit, ce qui l'obligeait à déclarer forfait pour la suite du match. Ce rêve semble maintenant prémonitoire. Il voudrait bien ne pas croire à ces idées futiles, mais il ne peut tout simplement pas s'empêcher de regarder tout autour pour voir où elle pourrait bien se couper.

— Alors, monsieur Léveillé, il n'y a rien à faire ?

— Je… je crois que tu dois finir ta partie et jouer avec grâce… Tu joues toujours la tête bien haute et tu demeures sûre et fière de toi, d'accord ?

— Vous croyez donc que je vais perdre ?

— Ce n'est pas ça. C'est seulement mon rêve, tu te blessais avec un miroir et…

— Monsieur Léveillé, comment il est votre miroir, chez vous ?

— Isabelle, ce n'est pas le temps de parler

de ça. Regarde, l'arbitre t'appelle sur le terrain.

— Monsieur Léveillé, le miroir que vous avez chez vous dans votre salle de bain, je m'excuse de dire ça, mais est-ce qu'il est tout petit, un peu sale et défraîchi ? Répondez-moi, c'est très important.

— Non, le miroir dans la salle de bain de ma femme et de moi-même est superbement grand et…

— Mais quand vous parlez au miroir, c'est à ce miroir que vous parlez ? Quand vous inventez vos exercices de tennis ? Quand vous avez compris pour la première fois la théorie de *l'air du temps* ?

— Mais comment sais-tu tout ça, toi ? Je n'ai jamais dit ça à personne. Le matin, quand je me rase, je m'isole dans la salle de bain de mon garage. Ma femme ne vient jamais là et le miroir…

— … est tout petit, sale…

— … et défraîchi, oui, c'est ça ! Mais comment tu sais ça ?

L'arbitre descend de sa chaise et s'approche d'Isabelle pour lui dire de commencer la partie, sinon elle aura un point de pénalité.

— Isabelle, il faut que tu ailles jouer. Je ne comprends pas pourquoi tu me parles de tout ça.

— Monsieur Léveillé, vous parlez à votre miroir et il vous répond parfois ?

Monsieur Léveillé éclate de rire :

— C'est ce que je me dis, moi aussi… Je suis un vieux fou… Des fois, j'ai l'impression que mon miroir me parle. Mais ça ne se peut pas !

— Oui, ça se peut !

— Quoi ?

— Vous avez un miroir sur vous ?

— Un miroir ?

L'arbitre arrive tout près et dit :

— Monsieur, vous devez quitter le court et, mademoiselle Leduc, vous…

— Monsieur l'arbitre, vous avez un miroir ?

— Euh… un miroir ? Non !

Isabelle se retourne vers sa mère et lui crie :

— Maman, donne-moi ton miroir…

— Mon miroir ? Mais je ne l'ai pas, il est dans l'auto !

Isabelle s'élance alors tout à coup vers les toilettes. L'arbitre interroge son entraîneur :

— Mais pourquoi veut-elle un miroir ?

— Elle… euh… elle…

— Bon ! écoutez, le match est à sens unique, elle est beaucoup trop petite pour jouer ce match. On a tous une longue journée devant nous, elle n'a qu'à déclarer forfait !

— Non, non, c'est qu'elle a besoin d'un miroir, parce que… parce… que… elle a une poussière dans l'œil !

— Une poussière dans l'œil ?

— Je vous la ramène dans deux minutes !

— Deux minutes, sinon un point de pénalité. Ensuite, je vous laisse cinq minutes maximum, et c'est la défaite par abandon, c'est clair ?

L'instructeur de Lynn Markus, très détendu et sûr que sa protégée gagnera ce match de toute façon, s'approche de l'arbitre pour mettre un peu de pression. Loréanne descend des estrades et rejoint monsieur Léveillé, qui se dirige vers les vestiaires.

— Qu'est-ce qui se passe exactement ?

— Je ne sais pas, madame Martin, Isabelle n'est pas habituée de perdre.

— Où est-elle allée ?

Les deux entrent dans le vestiaire, regardent partout et se rendent compte qu'elle est enfermée dans les toilettes.

Isabelle fixe le miroir et lui parle :

— Dorothea, you hou Dorothea, est-ce que j'ai rêvé ou si tout ça était vrai, cette nuit ? Dorothea, j'avoue que je ne sais plus !

De derrière la porte, elle entend :

— Isabelle à qui tu parles ?

— Vite, j'ai besoin de vous parler et je ne peux pas rester longtemps, on m'attend sur le terrain, dit Isabelle en s'adressant au miroir davantage qu'à son propre reflet.

Pourtant, en regardant dans ce grand miroir, elle n'y voit que son visage désemparé. Pour la première fois, la petite virtuose du tennis ne sait pas comment se sortir d'une impasse.

Monsieur Léveillé s'impatiente derrière la porte verrouillée :

— Isabelle, ce n'est pas ce que je t'ai montré : on ne se décourage jamais, même dans la défaite, voyons ! Viens tout de suite, sinon tu perds la partie ! Isabelle, mais qu'est-ce qui t'arrive ?

Puis se tournant vers Loréanne :

— Êtes-vous allés aux toilettes depuis le début de la journée?

— Oui, pourquoi?

— Est-ce qu'il y avait un miroir?

— Mais oui, il y a toujours un miroir dans les toilettes publiques, pourquoi?

Monsieur Léveillé, se rappelant son cauchemar, s'inquiète doublement et crie très fort l'oreille collée sur la porte:

— Isabelle, arrête tes folies, viens jouer au tennis et surtout ne t'approche pas du miroir, compris?

Au moment même où il dit cela, on entend un fracas terrible en provenance des toilettes.

— Oh! non, s'écrie Loréanne, ma petite, qu'est-ce qu'il y a?

En effet, Isabelle, voyant l'imminence de la reprise du match, décide au moment même où monsieur Léveillé crie à travers la porte, de décrocher le miroir du mur et de l'emporter avec elle. Sur le court, entre les changements de points, peut-être que Dorothea lui réapparaîtra, se dit-elle, et qu'elle lui donnera un petit conseil qui lui apprendra comment réagir dans une telle situation. Pour décrocher le miroir, retenu au mur à l'aide d'un simple clou, Isabelle grimpe sur le lavabo et le prend à bras-le-corps en espérant toujours que Dorothea lui apparaîtra, mais rien ne se produit. Rien ? En fait, tout s'est produit. Énervée par les cris de son entraîneur, et voulant le rejoindre le plus vite possible, elle a précipité ses gestes et, en descendant du lavabo avec le grand miroir dans les mains, elle a trébuché et elle est tombée par terre. Le miroir s'est fracassé en plusieurs morceaux. Un de ces morceaux lui a coupé la peau à la hauteur de l'avant-bras droit. L'homme aux yeux rouges apparaît dans chacun des petits bouts de miroir cassé. Il rit aux éclats. Isabelle recule d'effroi. En se relevant et en constatant qu'elle saigne déjà abondamment, elle retire de sa peau un bout de miroir coupant. Ce faisant, le sang gicle encore plus, mais Isabelle voit tout à coup le visage qu'elle attendait dans ce petit bout de miroir ensanglanté.

— Bonjour, Isabelle ! J'ai réussi à chasser l'homme aux yeux rouges, il te poursuit !

— Merci, merci ! Dorothea, je le savais, que c'était vrai, tout ça. Je le savais, que tu viendrais à mon aide !

— Non, ma belle, c'est toi qui viens à mon aide. Je suis prise ici de l'autre côté de tous ces miroirs et j'attendais depuis si longtemps que quelqu'un ait besoin de moi.

Dorothea a maintenant l'apparence de la championne de 20 ans qu'elle était en 1908. Dans ses mains, toujours dans ce petit bout de miroir, Isabelle peut voir qu'elle est habillée en joueuse de tennis, avec sa raquette. Elle peut voir aussi que son sang ne coule plus hors de sa plaie béante. Le temps est suspendu.

Loréanne, monsieur Léveillé, l'arbitre, l'entraîneur de Lynn Markus, Lynn elle-même, tout le monde dans le stade, ainsi que tous les êtres vivants de la planète sont figés, car le temps vient de s'arrêter.

— Tu m'as vue, hein?

— Eh oui!

— Je jouais mal, hein?

— Non, pas vraiment. Tu joues rarement mal. Tu as l'instinct, ma chère. Mais parfois tu perds la notion de ce qui se passe autour de toi. Tu dois tenir compte de l'autre!

— Mais comment tu as fait pour me voir? Il n'y avait pas de miroirs!

— Si, si, il y a toujours une demoiselle qui sort un petit miroir de son sac à main et j'ai vu à ce moment-là, parce que je te cherchais, que tu jouais comme si tu étais seule sur le terrain.

— Ah oui ? dit Isabelle très impressionnée de voir que sa mère et monsieur Léveillé sont complètement figés.

— Ensuite, je me suis approchée de toi, Isabelle, continue Dorothea, grâce aux lunettes de l'arbitre, qui se sont transformées en miroir quand les reflets du soleil sont devenus plus fort.

— C'est merveilleux, ta vie : tu voyages si rapidement !

— Oui, comme je veux et quand je veux, mais là, je te suis, toi, car enfin quelqu'un a vraiment besoin de moi et ça, j'en suis ravie.

— Oui, tu as bien raison !

— Grâce à toi, l'homme aux yeux rouges ne peut pas me suivre.

— Il est là ?

— Non, ne t'inquiète pas ! Je vais te protéger de lui ! C'est mon secret qu'il veut, et je ne le lui donnerai jamais. Amène-moi sur le terrain !

— Qu'est-ce que je vais faire de ce sang qui coule sur mon bras ?

— Chaque chose en son temps et, comme là tu es hors du temps, on trouvera une solution quand on voudra.

— J'adore ! Je saigne, mais je ne saigne pas !

— Amène-moi là-bas s'il te plaît et ne m'échappe pas, ce bout de miroir est parfait… mais peux-tu y enlever ton sang, car pour l'instant, je ne vois pas complètement bien.

— Oui, oui !

Isabelle saisit un bout de mouchoir dans la poche de sa mère, essuie le miroir et l'emporte avec elle toute souriante jusqu'au court de tennis où tout est figé : les gens, le vent, l'eau qui coulait de la fontaine publique et qui reste maintenant suspendue dans les airs. Les nuages sont immobiles, mais pourtant tout semble si vivant.

— Merveilleux, c'est merveilleux, Dorothea !

— N'est-ce pas ? Tu peux faire le tour du monde en ce moment et tu ne trouveras pas une fourmi qui marche, pas un lapin qui saute et pas même une fleur qui pousse. Pour toi, tout s'est arrêté !

— Pour moi ?

— Oui, pour toi. Il t'est beaucoup donné et il te sera plus tard beaucoup demandé. Voyons voir ce que tu feras de tout ça !

Isabelle s'approche de Lynn Markus et la regarde de bas en haut.

— Elle est vraiment devenue très grande et musclée, tu ne trouves pas ?

— Ça ne change rien au tennis, ma belle. Tu m'as vu, moi ? Je n'étais pas vraiment plus grande que toi à ton âge, ni plus musclée, mais je savais observer.

— Oui, *l'air du temps* ! dit Isabelle, sûre qu'elle sait tout de la préparation à un match de tennis.

— Oui et je savais être prête.

— Ah oui ?

— Oui, être prête, toujours prête à quelque chose de nouveau. Mais en même temps, il faut laisser ce quelque chose décider pour nous.

— Quoi ? Je ne comprends pas !

— Je sais, je sais, tu ne décides pas, toi, tu joues, tu frappes, tu te prépares, tu te vois jouer, tu es hors de toi quand tu joues, tes coups sont parfaits !

— Merci !

— Parfaits, mais inutiles !

Isabelle voit que Lynn, sa rivale, regarde dans un petit carnet noir tenu par son entraîneur.

— Qu'est-ce que c'est ?

— Quoi ? Je ne vois pas !

Isabelle tourne un peu le miroir pour que Dorothea puisse voir le petit carnet.

— Ah ! ça, ce sont les tactiques, les décisions qu'il lui propose de prendre durant la partie.

Isabelle s'approche pour voir ce qui est écrit dans le petit carnet. Sur la première ligne, elle peut voir le mot *amorti* !

Aussitôt qu'Isabelle lit ce mot, elle se voit dans un immense tourbillon géant où des vautours et des gens la regardent droit dans les yeux et lui reprochent son geste. Elle se retrouve ensuite dans la salle de toilettes du vestiaire. Son sang se remet à couler très rapidement de ses veines sur le sol.

Derrière la porte verrouillée, elle entend les cris de sa mère et de monsieur Léveillé.

— Isabelle, ça va ? Tu n'as pas de mal ?

— ISABELLE, RÉPONDS-MOI S'IL TE PLAÎT ! dit sa mère en paniquant.

Isabelle saisit rapidement son miroir et le regarde en disant :

— Ça y est, ça y est, Dorothéa, j'ai compris, j'ai compris !

Aussitôt son sang cesse de couler et Dorothea, pendant que toutes deux retournent vers le court, lui explique ce qui vient d'arriver.

— Il ne t'est pas permis de profiter des autres. Tu es avec moi pour apprendre par toi-même. Si tu cherches à tricher, tu perdras ma présence et c'est moi qui serai la plus triste, crois-moi !

— Désolée, désolée, je comprends, je comprends. Fais-moi signe si tu peux avant que je fasse des choses interdites. C'est tout nouveau pour moi d'être hors du temps.

— Je sais bien et je te connais, tu apprends vite. Bon ! revenons à ce que je disais : à partir de maintenant, considère que tes coups sont inutiles.

— Quoi ?

— INUTILES, complètement inutiles !

— Mais pourtant je ne perds presque jamais.

— Ce n'est pas important, tu as un talent naturel. Ton père est un athlète, ta mère joue au tennis depuis toujours, tu es très athlétique et avec tout ça tu peux même devenir une joueuse professionnelle, mais ce n'est pas ce que tu peux devenir !

— Quoi ? Mais c'est ça que je veux devenir, une championne !

— Est-ce que tu as la hargne des autres ? Le dégoût de tes adversaires ? Est-ce que tu veux les battre à tout prix ?

— Non, c'est ce que j'aime au tennis, je n'ai pas à haïr les autres. Je veux seulement jouer mon meilleur tennis.

— Excellent, tu es sur la bonne voie. Bon ! place-moi sur le fond du court, fais-moi tenir debout, je ne sais pas, moi, appuie-moi sur ton sac de raquette. Ensuite, va de l'autre côté et frappe une balle.

Isabelle trouve amusant d'avoir à jouer contre un miroir. Toute son aventure lui plaît de plus en plus. Tout cela semble si étrange. Pourtant, elle sent que tout ce qui lui arrive est pour le mieux. En voyant la tache rouge sur son bras droit, elle se dit qu'elle devra tout de même s'en occuper très bientôt.

— Alors, qu'est-ce que je fais ? demande Isabelle, placée à la ligne de service, une balle à la main.

— Tu sers, tu fais ton meilleure service ! Et surtout, ne me frappe pas !

Isabelle s'exécute et réussit son service. Dorothea, du fond de son miroir, l'applaudit.

— Bravo, un as, 15 à 0 pour toi.

— Facile !

— Oui, très facile, parce que tu as les coups, tu as une excellente technique et tu as beaucoup joué. Facile, mais inutile.

— Mais non, pas inutile, je mène 15 à 0.

— Attends, maintenant, va chercher dix bouts de miroirs dans les toilettes.

— Quoi ?

— Vas-y vite !

— Pourquoi vite ? J'ai tout le temps, non ?

— Oui, là, j'avoue que tu as raison, on a tout notre temps !

Isabelle est heureuse, elle s'amuse comme une folle. Son sang va très bientôt recommencer à s'écouler à flots de son bras, elle se fait donner une leçon de tennis dans la première ronde d'un tournoi très important, elle ne comprend pas trop où une femme disparue depuis 52 ans qui vit à l'intérieur de miroirs veut en venir, elle place des dizaines de morceaux de miroirs sur un court de tennis, devant 250 personnes figées à jamais, et pourtant elle se sent heureuse. La vie est belle, se dit-elle.

— Bon! maintenant, Isabelle, lui dit Dorothea, frappe une bonne dizaine de balles, mais en évitant les morceaux de miroir, d'accord?

— D'accord!

Isabelle prend dix balles et les frappe un peu partout sur le terrain, sans jamais atteindre un seul des morceaux de miroirs.

— Facile! dit-elle.

— Oui, facile, mais... inutile, n'oublie jamais ça.

— Ah bon? Je ne vois pas où tu veux en venir!

— Bon! O.K.! on a toute l'éternité, mais tu as hâte de retourner jouer, c'est bien ça?

— Oui!

— Bon! alors, dernier exercice, qui se déroulera en deux temps. En premier lieu, tu devras maintenant atteindre un des morceaux de miroir avec une de tes balles. Tu as dix chances. Vas-y!

Isabelle est tellement habile qu'elle réussit cet exercice dix fois sur dix.

— Bravo, bravo! Maintenant, tu dois apprendre à décider... et rapidement!

— Oui, d'accord !

— Je vais me déplacer de miroir en miroir et tu vas frapper la balle vers moi.

— Facile !

— Pas si facile, car tu vas frapper la balle avant que je me déplace vers un nouveau miroir.

— Ah oui, je frappe vers un endroit où je prévois que tu seras ?

— Exactement ! Exemple : quand tu t'apprêtes à frapper la balle, je te dirai quelque chose comme ceci : « Je vais être à deux miroirs vers ta gauche, à un miroir devant et à huit miroirs en diagonale gauche… »

— Tu vas me dire vers où tu te déplaces ?

— C'est ça !

— Wow ! ça va être difficile, je crois, mais on y va !

— Oui, difficile mais utile, TRÈS UTILE ! Je t'en reparle ensuite !

Pendant un temps indéterminé, puisqu'Isabelle est hors du temps, elle s'exerce à effectuer ces coups. Au début, elle a le réflexe de frapper où Dorothea se trouve. Elle oublie d'imaginer l'endroit où Dorothea va se trouver dans deux secondes. Puis, elle finit par réussir à envoyer la balle à l'endroit que Dorothea lui dit qu'elle sera.

— Très bien. C'est la base : tu devines où ton adversaire va se déplacer, et tu peux ainsi frapper ta balle là où elle sera.

— Mais ce n'est pas bon, ça !

— Excellent, tu as appris à deviner où sera ton adversaire, alors tu peux décider de frapper ailleurs, n'est-ce pas ?

— Bonne idée ! Excellente stratégie ! Simple, en plus !

— Si ta rivale réussit à s'y rendre, applaudis-la et recommence, tu comprends ? Au revoir et bonne chance !

— Attends, attends, Dorothea… Non, non, ne t'en va pas !

— Oui, là, c'est assez !

— Tu m'as donné de bonnes idées, mais j'ai tant de questions, il faut que je m'entraîne !

— Non ! Il faut que tu décides, toujours. Tranquillement, tu n'auras même plus à décider, ça se fera tout seul, comme si des bouts de miroirs disaient directement à ton cerveau ce qui se passe devant toi !

— Donc, je décide et puis je ne décide plus !

— Non, Isabelle, tu décides et tu décides toujours, mais à un moment donné, tu décides et tu ne te rends même pas compte que tu décides!

— Dorothea!

— Quoi?

— Merci d'être là, merci beaucoup! Je suis toute mêlée, mais merci quand même! Comment ça se fait que tu es là pour moi?

— Aucune idée, mais j'adore ce qui m'arrive. Enfin, je ne me concentre plus uniquement à gagner, à être la meilleure, à être admirée de tous. Maintenant, je t'aide à devenir encore meilleure pour ton bonheur. Bon! c'est assez, moi je m'en vais!

— Tu vas où?

— Dans d'autres miroirs! Le grand problème de ma vie, c'est que plus j'aide des gens comme toi, plus il y en a qui veulent être aidés!

— Attends, attends, avant de t'en aller. Est-ce que j'ai le droit de me laisser mourir?

— Pourquoi dis-tu ça?

— Parce que si tu pars comme ça en vitesse, moi je me retrouve au milieu d'une salle de bain avec un bras qui crache le sang et personne pour le soigner ! Et l'homme aux yeux rouges va revenir !

— Isabelle ! dit tout doucement Dorothea.

— Quoi ?

— Tourne le miroir vers la salle des toilettes, juste-là !

— Comme ça ?

— Non, un peu plus à gauche ! Oui, c'est ça ! Tu vois la dame habillée en bleu juste à côté de ta mère ?

— Oui !

— Elle est médecin !

— Mais elle n'est pas en fonction ! Elle n'a pas sa trousse avec elle !

— Non, mais il faut tout te dire ou quoi ? Il y a une infirmerie à l'entrée du stade, tu te souviens ?

— Oui… je comprends, donne-moi deux minutes !

— Cours, Isabelle, cours ! Tu as une minute et demi ! L'homme aux yeux rouges va te poursuivre sans arrêt. Ne l'écoute jamais !

— Merci, Dorothea, je te revois quand ?

— Cours, je te dis ! 1 minute 29 secondes !

Isabelle prend ses jambes à son cou, traverse le stade au complet, entre dans le petit dispensaire, prend du diachylon, du désinfectant, un grand bandage, des compresses et revient en courant jusqu'à la salle de toilettes du vestiaire.

Dans les morceaux de miroirs qui s'étalent par terre, elle voit le visage de Dorothea très vieille qui lui sourit et qui lui dit :

— Bonne chance ! ma belle, et n'oublie pas : décide avant qu'on décide pour toi !

Tout à coup, un éclair géant traverse la salle de toilettes et projette Isabelle par terre. Son bras se remet à saigner dangereusement. L'homme aux yeux rouges apparaît partout dans les petits bouts de miroirs, dans son sang, partout ! À toute vitesse, elle ouvre la porte des toilettes, regarde à peine sa mère et monsieur Léveillé, et se précipite vers la dame habillée en bleu :

— Est-ce que vous êtes médecin ?

— Oui !

— Venez, je saigne beaucoup !

— Je vois ça !

La médecin se tourne vers ma mère et lui dit :

— Vite ! il faut agir vite ! Voulez-vous allez chercher à l'infirmerie, là-bas, et en courant, des compresses, du diachylon… ?

Pendant qu'elle dit chaque mot, Isabelle sort tout le nécessaire de sa poche. En moins de deux minutes, elle ne saigne plus et son pansement est terminé. Isabelle se tourne alors vers son entraîneur et lui dit :

— Vite ! on a une partie à terminer !

— Dans ton état ?

— Je veux aller aux Jeux olympiques, je n'ai pas le choix.

Puis, elle saisit un morceau de miroir dans lequel l'homme aux yeux rouges lui sourit. Elle l'emporte avec elle et se répète :

— Je décide, je ne laisse pas les autres décider pour moi, je décide ! Disparaissez !

L'homme aux yeux rouges disparaît en un éclair blanc.

— Non, non, Isabelle, ce n'est plus toi qui décides, dit monsieur Léveillé, c'est moi maintenant qui prends tout en main. Premièrement, cette partie est perdue, on oublie ça et on s'en va à l'hôpital.

— Non, la médecin a dit que tout est O.K. !

— Oui, mais elle ne sait pas que tu joues, elle croyait que tu étais une spectatrice.

— Venez, monsieur Léveillé ! Vite, maman, suis-nous !

Au bout de cinq minutes de discussion, le match reprend enfin. La pente est dure à remonter et Lynn Markus est une joueuse extrêmement solide. Malgré cela, Isabelle gagne les deux sets suivants 6 à 4 et 6 à 3.

Elle passe donc au tour suivant. Son prochain match va se jouer à 16 h contre une joueuse complètement inconnue; une jeune fille canadienne née en Russie.

Dans le vestiaire d'après-match, vers 14 h 30, le directeur du tournoi, la médecin et une équipe d'infirmiers viennent s'enquérir de son bien-être et analyser la situation. Une heure plus tard, à l'hôpital, Isabelle se demande bien ce qu'il adviendra d'elle. On lui a donné une piqûre contre le tétanos et on décide de la faire dormir au moins une heure avant de juger si elle peut continuer.

Lorsque vient le temps de la partie contre Helena Koustovina, l'équipe de professionnels donne son accord. Isabelle peut jouer. Toutefois, au premier signe de réouverture de la blessure, elle sera retirée de la partie.

Isabelle réussit à appliquer à merveille l'enseignement de Dorothea en devinant constamment le jeu de son adversaire et en frappant la balle dans la direction opposée. Victoires éclatantes de 6-1 et 6-0. Isabelle a maintenant accès aux quarts de finale. C'est sans compter la porte qui s'est ouverte entre le monde d'ici et celui de l'autre côté du miroir. Un monde étrange où l'homme aux yeux rouges sévit et peut apparaître à tout moment.

CHAPITRE 5

Les vautours

Le souper est extraordinaire. Monsieur McIntyre prépare un bœuf Wellington et le sert avec une merveilleuse salade d'endives fraîchement cueillies du potager aménagé dans une partie secrète du labyrinthe. Isabelle n'a qu'une seule chose en tête : se retrouver seule. Simulant une grande fatigue, elle demande à sa mère et à son père, qui vient d'arriver pour le reste de la fin de semaine, de continuer à discuter pendant qu'elle se prépare au sommeil.

Aussitôt rendue à sa chambre, Isabelle se précipite vers le merveilleux miroir qui a tout déclenché. À sa grande surprise, le miroir n'est plus là. Elle veut pourtant à tout prix contacter Dorothea. Elle décide donc de visiter l'auberge en cachette à la recherche d'un miroir. Car, curieusement, a-t-elle constaté depuis son retour du tournoi, dans la salle à manger, dans le grand salon et même dans les salles de toilettes donnant sur le grand hall, il n'y a aucun miroir. En visitant le sous-sol et le deuxième étage, elle n'en trouve pas non plus.

Il y a un problème dans tout cela. Où est Dorothea ? Pourquoi ne vient-elle pas discuter avec elle ? Derrière une pile de boîtes, dans le sous-sol de l'hôtel, Isabelle trouve un corridor qui mène on ne sait où. Se disant que ses parents ne sont pas encore rentrés à la chambre, elle décide d'emprunter ce passage.

— Qu'est-ce que tu fais ici ? lui chuchote soudainement une petite voix.

— Quoi ? Qui parle ? demande Isabelle qui ne s'oriente qu'avec sa petite lampe de poche.

— Je m'appelle Raphaël. Viens ici vite, le passage ouvre dans moins de dix secondes.

— Le passage ? Quel passage ?

— Quelqu'un a libéré le vieux miroir. Le monsieur aux yeux rouges est très content. Tous ses amis vont pouvoir venir ici. Vite ! ils arrivent !

En pensant à l'homme aux yeux rouges, Isabelle sursaute. Raphaël poursuit.

Le jeune garçon, très petit, âgé d'à peine cinq ou six ans mais habillé comme un petit prince, entraîne vigoureusement Isabelle dans une toute petite boîte en bois où ils se tiennent très serrés l'un contre l'autre.

— Qu'est-ce qui se passe ?

— Chut ! écoute et surtout ferme tes yeux. Il pourrait y voir un peu de lumière sortant de tes yeux et ils nous verraient.

— Écoute, je ne te connais pas, mes parents m'attendent en haut, alors peu importe tes histoires avec qui que ce soit, moi je n'ai peur de personne et je sors d'ici. D'ailleurs, je n'ai pas de lumière qui sort de mes yeux.

Isabelle essaie de sortir de la boîte où ils sont enfermés dans le noir le plus complet. Le jeune garçon la retient très fort.

— Lâche-moi ! Je ne resterai pas ici.

— Oui, tu vas rester !

— NON !

Elle se défait enfin de son emprise, sort de la boîte et se dirige vers l'auberge. Le garçon sort de la boîte à son tour.

— Mais tu es folle. Tu es comme cette… comme… ah ! Je vois, c'est toi la fille qui déterres les miroirs ou qui les brises en mille miettes ?

— Oui, c'est moi et tu vas me dire où je peux trouver un miroir, n'importe lequel.

— Tu sais que pour chaque miroir brisé, tu libères une bête féroce ?

— Une bête féroce ?

— Hier, au terrain de tennis, à Sherbrooke, tu as libéré 1214 bêtes féroces qui vont sortir aujourd'hui !

— Qui t'a dit ça ?

— Un homme avec des yeux rouges, dans le miroir !

— Tu as vu ces bêtes féroces ?

— Euh !… non !

— Il ne faut pas croire tout ce qu'on voit dans les miroirs.

— Non ?

— Non, je ne crois pas.

— Tu vois aussi le monsieur dans le miroir ?

— Non, je vois une dame !

— Moi aussi, parfois. Elle est gentille ?

— Très ! Elle me protège toujours !

— Elle a une raquette de tennis?

— Oui!

— C'est la même dame que je vois! Et le monsieur, il est gentil avec toi?

— Non, il me fait peur! C'est pour ça que je cache tous les miroirs: je ne veux pas le revoir! Personne ne me croit! dit le petit garçon.

— Moi, je te crois!

— C'est vrai? Comment tu t'appelles?

— Isabelle, c'est toi qui as caché le vieux miroir de ma chambre?

— Oui!

— Et où est-il maintenant?

— Où il est? Mais tu veux rire de moi ou quoi? Je l'ai caché et je ne veux même pas me rappeler où je l'ai caché! Je ne veux pas voir de miroir, plus jamais! Ce miroir que tu as trouvé est une porte vers de grosses bibittes… attention, tais-toi…

— Mais je ne dis pas un mot!

— Chut!

— Mais voyons! Raphaël, je ne dis rien là!

— Tu ne les entends pas? Ils vont et viennent en haut depuis que cette folle… je veux dire depuis que tu as déterré la clef!

— La clef?

— Oui, le miroir, ce miroir, c'est la clef !
C'est ma grand-mère qui le dit. Elle est la seule
qui croit aux pouvoirs des miroirs, même si
elle ne comprend jamais rien de ce que je dis.
Elle est un peu sourde.

— Un peu ? Beaucoup, tu veux dire !

— Chut ! tu entends ?

— En tout cas, toi, tu n'es pas sourd… Moi,
je n'entends rien !

— Mais si… le monsieur aux yeux rouges
réussit toujours à me voir. Il m'a dit que maintenant, grâce à toi, ça circule entre les deux
mondes, et moi, ça me fait peur !

— Ça circule entre les deux mondes ?

— Je… attends… ils arrivent à la cave…

En entendant des gens qui discutent et qui
approchent, Isabelle se cache non loin du petit
garçon. Celui-ci est très nerveux.

— Je t'en prie, ne me donne pas à manger à
ces gens-là, ils vont me faire mourir à petit
feu, me faire cuire et....

— Mais de quoi parles-tu, Raphaël, voyons !
ne t'inquiète pas !

— Isabelle ? Mais qu'est-ce que tu fais
ici ?

Ses parents et monsieur McIntyre se dirigent vers la cave à vin quand ils aperçoivent Isabelle.

— Je discutais avec… !

— Qui ? demande monsieur McIntyre.

— Raphaël ! Regardez, il se sauve. Il a caché tous les miroirs de la maison, il voulait m'enfermer ici en bas…

Soudain, monsieur McIntyre rattrape le petit garçon.

— Raphaël ! Raphaël ! viens, c'est grand-papa ! Tu n'es pas couché, toi ?

— Grand-papa ? Elle aussi, elle parle avec les miroirs, et il y a des monstres qui approchent, ils vont sortir des miroirs et…

— Viens ici, petit, viens tout de suite !

Le petit Raphaël revient rejoindre son grand-père. Il lui saute dans les bras et se protège la figure quand il doit regarder Isabelle, son père et sa mère.

— Raphaël, voyons ! tu te trompes, ce ne sont pas des monstres !

— Oui, grand-papa, c'est elle qui a déterré le miroir, elle me l'a dit. Elle travaille avec une vieille dame qui vit derrière les miroirs. Il y a aussi le monsieur aux yeux rouges qui va envoyer tout plein de monstres aux yeux rouges pour me manger.

Monsieur McIntyre se met à rire et invite tout le monde à manger. Autour d'un bon vin pour les grands et d'un bon jus de pomme pour Raphaël et Isabelle, monsieur McIntyre explique à tous que depuis la disparition de sa grand-mère, plusieurs personnes disent avoir vu des fantômes dans des miroirs. Des fantômes qui parlent aux gens la nuit et qui les transforment en statue. Son petit-fils Raphaël, qui a entendu ces légendes, est très sensible à toutes ces histoires qui lui font terriblement peur.

— Bien entendu, tout ça est faux, dit-il, mais j'aimerais bien que ces légendes cessent une fois pour toute. Ça a nuit aux affaires et à la présence d'une bonne clientèle. On a dû fermer l'auberge depuis. Raphaël, qui est en visite ici pour la semaine, a entendu tellement d'histoires autour du labyrinthe et tout et tout !

— Mais où avez-vous mis le miroir que j'ai trouvé ? demande Isabelle.

— Chut ! chut ! grand-papa, ne le dis pas, tu l'as bien caché, hein ? Je ne veux plus voir le monsieur.

— Raphaël, arrête de parler du monsieur : tu vas faire peur à nos visiteurs. Chaque année, quand il vient nous visiter, il parle toujours de quelqu'un qu'il voit dans un miroir. Tu sais très bien que ce n'est pas vrai, mon grand ! Il a tellement d'imagination ! Raphaël, j'adore tes histoires, mais ce n'est pas vrai, ce ne sont que des inventions de ta part !

— Oui, j'ai vu un monsieur dans le miroir et j'ai vu aussi tout plein de gens. Isabelle, elle, a vu une dame !

Tout le monde se retourne vers Isabelle qui se contente de sourire. Elle n'est pas tout à fait certaine de vouloir parler de ça. Son père, sa mère ainsi que monsieur McIntyre considèrent tout de suite qu'elle a fait une blague. Isabelle ne fait que rire et les laisse croire à une blague de sa part. Ils passent automatiquement à autre chose. Le grand-père caresse très délicatement les cheveux du petit, lui donne un baiser sur le front pour le rassurer, puis poursuit la discussion avec les adultes. Isabelle entraîne Raphaël à l'écart pour l'entretenir de la dame du miroir.

— Raphaël, viens ici ! La dame dans le miroir, tu l'as vue souvent aussi ? chuchote-t-elle.

— Oh! oui! Elle est gentille et ne m'a pas fait peur. Ce sont ses amis que je ne veux plus voir!

— Ses amis?

— Oui, il y a tout plein de gens qui sont autour d'elle! Et là, depuis que tu as découvert le miroir, je crois qu'ils vont pouvoir sortir!

— Tu en es certain?

— C'est ce qu'il dit! Il veut que je l'aide!

— Raphaël, je vais t'aider, d'accord?

— Tu n'es pas une méchante, hein?

— Non, non, non, non! Je suis l'amie de la dame du miroir... tu sais qui elle est, cette femme? C'est ton arrière-grand-mère, la mère de ton grand-père. Elle jouait au tennis.

— Ah bon! c'est elle sur les photos? Je pensais qu'elle était morte!

— Je ne sais pas, je ne pense pas!

— C'est grand-papa qui sera content, il me parle toujours d'elle!

— Raphaël, peux-tu me dire où est le fameux miroir que la dame aime habiter?

— Oui, je le sais, mais j'ai peur de voir ces autres personnes qui marchent derrière elle: elles ne sont pas gentilles. Viens, c'est juste là. Hier, en regardant la dame, j'ai vu derrière de gros oiseaux avec de très grandes griffes. Les oiseaux, on dirait qu'ils parlent. Mais personne ne me croit.

— Moi, je te crois!

— Est-ce que les gros oiseaux vont me manger les yeux?

— Non, mais, Raphaël, dis-moi où sont les miroirs!

— Oui, viens!

Raphaël s'adresse à son grand-père qui est tout près.

— Grand-papa, je retourne avec grand-maman, d'accord?

— J'y vais avec lui et je monte me coucher! dit Isabelle à ses parents.

— Dans dix minutes, on te rejoint, ma belle. Tu as deux matchs demain, n'oublie pas!

— À tout à l'heure!

— Mademoiselle Isabelle, commence le grand-père en donnant un baiser à son petit-fils, rassurez-le un peu. Dites-lui qu'il n'y a personne dans les miroirs! Grand-maman est juste là, mon petit, au bout du corridor. Elle fait le lavage dans la pièce là-bas!

Raphaël prend Isabelle par la main et l'entraîne en courant vers la salle de lavage.

— Allô! grand-maman!

— Oui, oui, je lave du blanc. Ah! bonjour, mademoiselle!

— Ça va, madame?

— Des rames? Pourquoi des rames?

Raphaël arrête tout de suite la discussion, prend la tête de sa grand-mère entre ses mains et oblige celle-ci à lire sur ses lèvres.

— Grand-maman, je vais lui montrer les miroirs!

— Cinq minutes, pas plus. Ne vous en faites pas, mademoiselle, mon petit-fils n'aime pas les miroirs quand il est seul. Avec vous, il se sentira mieux, dit-elle en souriant.

— Moi, j'adore les miroirs! dit Isabelle.

— Des poires? Je vais vous en servir demain soir pour que vous soyez en forme pour la finale!

— Pour jouer la finale, il faut que demain je gagne!

— Oui, oui, les rames, les rames. Je vous les donne tout à l'heure!

Raphaël entraîne Isabelle vers le fond de la salle de lavage. Derrière une poubelle se trouve une porte qu'ils ouvrent. Ils s'introduisent alors dans un tout petit corridor au bout duquel se trouve un mur recouvert du même papier peint que celui qu'Isabelle a vu dans la chambre. Dans le mur, le petit Raphaël trouve avec ses petits doigts un anneau de métal camouflé par le motif du papier peint. Il tire sur cet anneau et ouvre une porte.

— C'est mon grand-père qui a construit tout ça. Il ne croit pas mes histoires, mais il fait tout pour m'aider. D'ailleurs, depuis qu'on met les miroirs ici, on recommence à avoir des visiteurs. J'aimerais mieux que tu y ailles avant moi : je ne voudrais pas voir le monsieur.

— On va seulement appeler la dame, Dorothea McIntyre.

— McIntyre ? Elle a le même nom que moi !

Isabelle entre alors dans une pièce pas très grande. Pourtant, lorsqu'on allume les lumières, la pièce semble, avec tous ces miroirs, se prolonger à l'infini dans tous les sens.

— Mais c'est magnifique, viens Raphaël, c'est splendide !

Terrifié, Raphaël entre tranquillement.

Au fond de la pièce, Isabelle retrouve le magnifique miroir. Aussitôt qu'elle le prend entre ses mains, elle l'embrasse de toutes ses forces.

— Merci, Isabelle, et bravo pour tes deux matchs de tennis extraordinaire ! Tu apprends tellement vite !

— Dorothea ! Je suis tellement contente de te voir. Je te présente…

— Oui, oui, je sais, Raphaël ! Bonjour, mon amour !

— Bonjour, madame, vous êtes mon arrière-grand-mère ?

— Oui et j'en suis fière !

— Dorothea, tu sais que j'ai besoin de tes conseils pour mes prochains matchs de tennis !

— À peine, ma belle, à peine. Tu es presque prête à apprendre le dernier secret qui te donnera toute la force !

— Mais avant j'aimerais que tu rassures Raphaël. Il parle de monstres… !

Soudain, derrière Dorothea, dans les milliers de miroirs, d'immenses oiseaux ressemblant à des vautours volent et s'approchent d'elle. Isabelle a un mouvement de recul pendant que Raphaël saute dans ses bras.

— Tu as vu, Dorothea ? Les oiseaux, les bêtes, elles sont immenses. Attention ! elles vont t'attaquer ! Penche-toi, Dorothea !

Dorothea ne bouge pas. Les oiseaux par dizaines s'approchent d'elle et tentent de la picorer avec leur bec. Pourtant, chaque fois qu'un oiseau monstrueux approche à moins d'un centimètre d'elle, elle disparaît et réapparaît dans un autre miroir. Toujours, immanquablement, les oiseaux aux yeux cruels et rouges manquent leur proie de justesse et se retrouvent nez à nez avec Isabelle et Raphaël, qui a très peur.

— Ferme les yeux, Isabelle, ferme les yeux ! dit Raphaël.

— Mais non, Raphaël, il n'y a pas de danger. Ils sont de l'autre côté des miroirs. Ils ne peuvent rien te faire.

— Tu en es certaine ?

— Oui, tu n'as qu'à demander à Dorothea !

— C'est vrai, madame ? Ils ne me mangeront pas les yeux ?

Dorothea hésite, regarde tout autour d'elle, comme si elle cherchait quelqu'un des yeux, puis, voyant que tout semble très bien, elle approuve.

— Raphaël, il n'y a pas de danger pour toi. Aucun danger !

En écoutant la voix toute douce de Dorothea, Raphaël ouvre les yeux et, pour une fois, ose regarder les oiseaux sombres qui l'entourent. Toute la pièce semble remplie de ces affreux volatiles. Raphaël est enfin un peu rassuré. Lentement, les oiseaux s'envolent plus loin et disparaissent des miroirs.

— Bonne chance, demain, ma belle Isabelle! dit Dorothea.

— Merci, Dorothea! J'aurais voulu te poser des questions avant que tu partes!

— Continue à appliquer ce que tu as appris, prends des décisions, toujours des décisions. J'ai confiance en toi! Au revoir, Raphaël!

— Bye! Merci d'avoir chassé les monstres!

— Ça me fait plaisir!

L'image de Dorothea s'évanouit tout doucement et les miroirs recommencent à refléter Raphaël et Isabelle.

— Viens, Raphaël, on rentre se coucher.

Les deux amis sortent de la petite pièce aux miroirs. Quand ils rejoignent la grand-maman, Isabelle se rend compte qu'elle a oublié de rapporter le vieux miroir.

— Raphaël, j'ai quelque chose à te demander. Je sais que tu n'aimes pas les miroirs, mais est-ce que je pourrais apporter avec moi le vieux miroir ? Je pense qu'il pourrait me porter chance pour mes parties de demain.

— D'accord !

— Merci, je reviens !

Isabelle retourne dans le petit local.

En ouvrant la lumière, elle a un petit frisson. Elle a l'impression que quelqu'un vient tout juste de s'enfuir de sa vue. Elle saisit rapidement le vieux miroir et s'apprête à sortir de la pièce, quand elle entend une voix grave et peu amicale dire :

— Bientôt, on se verra en chair et en os !

— Quoi ?

Isabelle se retourne, rallume la lumière et a l'impression encore une fois que quelqu'un vient tout juste de s'enfuir des miroirs. Elle éteint à nouveau et, au moment où elle s'apprête à fermer la porte, la voix se fait encore entendre.

— Tu n'es pas assez brave pour être une gagnante !

Isabelle se retourne et n'aperçoit toujours personne dans les miroirs. Elle se dirige alors au beau milieu de la pièce et elle se rend compte qu'elle ne voit plus son propre reflet dans le miroir. QUELQU'UN Y A PRIS SA PLACE !

— Moi, je crois plutôt que vous n'êtes pas assez brave pour regarder en pleine face une petite fille de 12 ans, seule dans un local face à mille miroirs. Vous êtes un peureux, je vous ai vu fuir au moins trois fois et vous n'êtes bon qu'à faire peur à un petit garçon de cinq ans.

Aussitôt dit, l'homme aux yeux rouges apparaît dans chacun des miroirs de la petite pièce, sauf dans le vieux miroir qu'elle porte dans ses mains.

— Ah ! vous voilà !... L'homme qui a peur de son ombre ! dit Isabelle.

L'homme crache tout à coup du feu et toute la pièce semble s'embraser. Isabelle ferme les yeux mais sait bien que tout cela se passe de l'autre côté des miroirs.

— Ha, ha, ha, ha ! tu as peur, hein ? Comme le petit ! Ha, ha, ha, ha !

— Monsieur, je ne sais pas qui vous êtes et pourquoi vous faites peur à ce petit, mais laissez-moi vous dire que là où vous êtes, vous ne me faites vraiment pas peur. Vous n'êtes que du miroir, de la vitre peinte, vous ne pouvez faire de mal à personne. Alors crachez votre feu ou entraînez vos oiseaux mons-trueux à tout détruire si vous voulez, mais laissez donc le petit tranquille. Il n'y a rien de brave à s'attaquer à un si petit garçon !

— Et si je transférais mes attaques sur toi !

— Je serais bien d'accord ! Je n'ai pas peur de vous, surtout là où vous êtes, pris pour toujours de l'autre côté des miroirs !

— Peut-être pas pour toujours ! Grâce à toi, je vais trouver un moyen de sortir d'ici. Il suffit que tu me donnes la liberté !

— Je ne vous la donne pas ! Je suis d'accord pour que vous vous attaquiez à moi, mais à une seule condition : vous ne vous attaquez plus jamais à Raphaël ni à personne d'autre. C'est d'accord ! ?

— D'accord ! dit-il sur un ton inquiétant.

Le monsieur aux yeux rouges tend sa main pour serrer celle d'Isabelle afin de sceller leur pacte. Isabelle sait bien que leurs mains ne pourront pas se toucher. Par réflexe, elle tend tout de même la main. Curieusement, leurs deux mains se touchent. Isabelle ressent à la fois un froid immense et une brûlure très désagréable.

— LÂCHEZ-MOI, LÂCHEZ-MOI, TOUT DE SUITE !

L'homme lâche la main et éclate d'un rire grave et inquiétant. Derrière lui, les vautours se massent par centaines.

— Comment vous avez fait pour me toucher ?

— C'est toi qui fait tout, c'est toi qui va nous libérer. Si tu te libères, tu nous libères, voilà tout !

— Que je me libère ? Mais que je me libère de quoi ?

L'homme disparaît ainsi que les vautours. Isabelle sort de la pièce avec son miroir en espérant que Dorothea viendra lui expliquer ce qui se passe.

CHAPITRE 6

Un vent de liberté

Toute la nuit, Isabelle espère être réveillée par Dorothea dans son miroir. Isabelle l'a installé juste à côté d'elle dans son grand lit. Malheureusement, Dorothea ne donne aucun signe de vie.

Au matin, Isabelle affronte une jeune Québécoise de 16 ans, Lucie Barsalou. Isabelle se sent en excellente forme et déploie à merveille toutes ses forces. Elle multiplie les services canon et retourne tout ce que son adversaire lui envoie. Le match se joue rapidement et Isabelle gagne 6 à 1 et 6 à 2.

— Bravo ! Isabelle, tu joues de mieux en mieux ! lui dit monsieur Léveillé fier de sa progression.

Son père et sa mère sont absolument ravis.

— Bravo ! ma belle, commence son père, je suis très heureux que tu aies gagné ! Ainsi, toute la parenté et nos amis pourront venir te voir pour la finale. Tiens, parle-leur toi-même.

Son père appuie sur la touche mains libres pour entendre avec sa fille la belle surprise qui l'attend. Il lui tend le téléphone et écoute la conversation qui va suivre.

— Oui, allô !

— Isabelle ? C'est Frédérica !

— Frédérica ? Comment ça va ?

Frédérica est la meilleure amie d'Isabelle depuis longtemps. Elles sont voisines, elles sont allées à la garderie ensemble et, parfois, quand Isabelle va à des tournois éloignés, elle accompagne son amie pour une fin de semaine. Frédérica est une amie qui aide Isabelle à se détendre. Avec elle, Isabelle redevient instantanément la petite fille de douze ans qu'elle est. Car dans le monde extrêmement compétitif où elle évolue, les gens de son entourage sont plus sérieux. Isabelle, elle, adore s'amuser, rire, discuter avec ses adversaires et jouer au tennis.

— Ça va bien, et toi ?

— Merveilleusement bien, Frédérica, j'ai gagné en quart de finale et je joue à 16 h !

Au bout du fil, Frédérica crie très fort que son amie a gagné. Une vingtaine de personnes qui attendent devant l'autobus garé dans la cour de la maison familiale d'Isabelle crient aussi leur joie.

Isabelle rit aux éclats sur les côtés du court central à Sherbrooke. Son amie crie si fort que tout le monde qui se prépare à assister au match de la grande favorite du tournoi, la championne canadienne Tina Lambrose, se retourne vers elle.

— Frédérica, chut ! chut ! ne crie pas si fort, papa a mis le téléphone sur la touche mains libres et tout le monde entend ici, dit Isabelle en essayant de chuchoter et en s'éloignant un peu des estrades et du court.

Tina Lambrose passe juste à côté d'elle et la regarde droit dans les yeux sans lui sourire.

— Écoute, Isabelle, on arrive tous pour être là à ton prochain match.

— C'est vrai ? Mais c'est génial ! dit Isabelle tout bas, car elle est intimidée par Tina Lambrose qui la regarde droit dans les yeux.

— En plus, continue Frédérica au bout du fil, on dort à Sherbrooke ce soir. On veut te voir gagner la finale canadienne.

— Mais c'est impossible, Frédérica, tous les hôtels sont complets.

— Ne t'inquiète pas, ton père a arrangé ça, on dort loin de Sherbrooke dans des tentes, mais on va aller te voir gagner. Tu es la meilleure !

Derrière Frédérica, on entend les cris et les bravos. Tina Lambrose, dérangée par ce manque de respect à son égard, arrache le téléphone des mains d'Isabelle.

— Bonjour, je ne sais pas qui tu es mais je suis la meilleure. Votre amie va perdre contre moi, elle est beaucoup trop faible. À votre place, je ne me déplacerais pas de Montréal pour venir voir ce massacre, dit Tina dans un français plutôt bien pour une Canadienne anglophone de Vancouver.

Frédérica n'entend rien de tout cela, telle-ment il y a du bruit autour d'elle. Elle réplique donc :

— Oui, oui, c'est ça, on part de Montréal, tu es la meilleure, Isabelle.

— Si tu es là, je vais gagner, Frédérica! Avec toi, je suis prête à aller partout, même jusqu'aux Olympiades!

Tina Lambrose lance le téléphone dans les airs vers Isabelle qui le rattrape de justesse.

— Isabelle Leduc, tu ne gagneras pas contre moi. Tu veux savoir comment on joue au tennis? dit Tina Lambrose en regardant la petite Isabelle. Alors assiste à mon match et rappelle tout ton monde pour leur éviter de venir perdre leur temps ici demain. Ça, c'est si tu réussis à gagner la demi-finale cet après-midi.

La mère de Tina Lambrose, qui est aussi son entraîneur de tennis, tire sa fille par les épaules et l'entraîne vers le court :

— Tina, ce n'est pas le temps de parler à cette petite. Elle a même eu de la difficulté à battre Lynn Markus! C'est toi la championne, mais tu dois jouer tous tes matchs. Le tien commence dans cinq minutes. Ton adversaire s'exerce déjà depuis deux minutes. Viens et laisse cette petite.

Tina Lambrose lance un dernier regard à Isabelle. C'est la première fois qu'Isabelle subit une tentative d'intimidation avant un match de tennis. Pour elle, tout cela doit se faire dans le respect de son adversaire et dans la perspective que tout cela n'est qu'un jeu.

— Papa, tu as vu Tina Ambrose?

— Oui, elle est assez arrogante. Elle se croit supérieure à tout le monde. Un jour, ça va lui jouer un tour. Tiens! par exemple, là tout de suite, elle joue contre la fille de Toronto, Martina Zouskovitch.

— Ah oui? J'ai déjà joué contre elle. Elle est très bonne : j'avais gagné difficilement en trois sets de 7-5, 5-7 et 7-6. Elle est vraiment très bonne.

— Viens, on va s'asseoir avec ta mère et monsieur Léveillé avant d'aller manger.

Isabelle s'assoit donc entre sa mère et son père. Elle se sent si bien avec eux. Depuis le début de sa carrière, ses parents, sa famille, ses voisins, ses amis et monsieur Léveillé l'appuient tellement que jamais elle ne se sent seule.

— Contre qui je joue cet après-midi, monsieur Léveillé?

— Veux-tu vraiment le savoir?

— Pourquoi?

— C'est Marina Mortimer !

— Quoi ? La championne canadienne de l'an passé ? C'est ça ? dit le père d'Isabelle, très surpris.

— Oui, reprend monsieur Léveillé, elle a eu un grave accident d'auto, mais elle est complètement rétablie à ce qu'il paraît.

— Elle n'est pas trop vieille ? Elle n'a pas joué en tant que professionnelle ? demande la mère d'Isabelle.

— Non, reprend monsieur Léveillé, et elle est même déjà sélectionnée pour représenter le Canada aux Jeux olympiques de Londres.

— Mais qu'est-ce qu'elle fait ici alors ? demande encore sa mère !

— Elle va avoir 18 ans la semaine prochaine, alors elle est encore d'âge junior. Elle a donc décidé de jouer ce tournoi pour se préparer en vue des jeux.

— Ouch ! ce n'est vraiment pas de chance pour nous, dit le père d'Isabelle en la prenant par les épaules et en riant un bon coup.

Isabelle éclate de rire et dit :

— Au moins, j'aurai tous mes amis pour me consoler, non ?

— Isabelle, ne dis pas ça ! s'insurge sa mère.

— J'espère que tes amis vont encore te parler après ton humiliation, parce que moi et ta mère, on ne te parle plus dit le père d'Isabelle le plus sérieusement du monde en fixant sa fille droit dans les yeux. Puis, tous les deux éclatent encore de rire.

Isabelle adore quand son père est là. Il a toujours le don d'alléger l'atmosphère. Il la comprend tellement. Isabelle aime le tennis en tant que jeu, elle adore gagner, mais elle n'aime pas cette guerre que mènent certaines joueuses et certains entraîneurs.

Sur le terrain, en moins de 15 minutes, Tina gagne le premier set 6 à 0 contre Martina Ziouskovitch, qui ne réussit pas à toucher à la balle.

Au début du deuxième set, alors qu'elle mène déjà 3 à 0 et qu'elle est au service, Tina jette un regard noir sur Isabelle dans les estrades. À la grande surprise de tous, Tina frappe un de ses services ultra-puissants au-dessus de son adversaire. Ce service atteint directement le bras blessé d'Isabelle. Un long murmure se répand dans la foule. Tina et sa mère se précipitent à toute vitesse dans les estrades.

— Ça va, mademoiselle? demande hypocritement Tina Ambrose en ayant vraiment l'air désolée.

Isabelle sait bien que Tina Ambrose a fait cela délibérément avec une précision surprenante. Elle ne dit pas un mot et se relève pour saluer la foule qui s'inquiète de son état. Pendant que tout le monde applaudit, Tina s'approche de l'oreille d'Isabelle et lui dit :

— La prochaine fois, je te frappe le poignet droit avec ma raquette si tu essaies de m'enlever le championnat, c'est clair?

La mère de Tina fixe alors la petite pendant quelques secondes et lui dit :

— Il ne te reste qu'à perdre ton match de cet après-midi! Ce serait vraiment plus simple comme ça pour toi.

En disant cela, la mère de Tina Ambrose écarte un peu ses cheveux qu'elle laisse toujours tomber sur ses yeux. Isabelle en demeure estomaquée; ses yeux sont d'un rouge vif, un rouge qui rappelle le rouge des yeux de… L'HOMME DU MIROIR!

Ce duo, mère et fille, est prêt à tout pour gagner.

Tina Ambrose gagne les deux parties suivantes 6-0, 6-0. Elle semble véritablement imbattable et surtout intraitable.

* * *

Un peu plus tard, Frédérica saute dans les bras d'Isabelle. Toute la famille et le fan club au complet remplit une bonne partie des estrades. Ils brandissent des banderoles, des pancartes et des affiches de toutes sortes. Jamais un championnat junior n'a été aussi enjoué et festif. Il faut dire aussi que l'arrivée sur la scène nationale de ce tout petit bout de femme de 12 ans a commencé à faire son effet. À Sherbrooke et dans tout le Québec, sur les tribunes téléphoniques sportives, dans les journaux ainsi qu'à la télévision, son histoire, à mesure qu'elle accumule les victoires, fait boule de neige. On parle d'elle de plus en plus et, ici, elle est la reine, la préférée du public sherbrookois.

— Malgré ses petites jambes, peut-on lire dans certains articles de journaux nationaux, elle couvre le terrain comme si elle portait des bottes ou des chaussures de sept lieues. Partout où elle passe, on l'admire pour son talent, mais surtout pour son sourire qui galvanise les foules et ramène le tennis de haut niveau à une partie de plaisir. Imaginez un seul instant ; avec Isabelle Leduc, le sport pourrait redevenir ce qu'il devrait être pour tous : UN JEU !

À la télévision, un commentateur célèbre a dit : « Rêvons avec la petite virtuose du tennis et vibrons avec elle en espérant qu'elle atteindra son objectif cet après-midi aux Championnats canadiens. Martina Mortimer, notre espoir de médaille aux Jeux olympiques, ne fera probablement qu'une bouchée de notre toute petite joueuse tant aimée. Mais soyons là pour sourire à son jeu si rafraîchissant. Offrons-lui, dans la défaite éventuelle et prévisible, une ovation debout. Je serai là aux premières loges. Cette petite, comment ne pas l'aimer ? »

Sans écouter les commentaires, Isabelle et Frédérica courent autour du stade du haut de leurs 12 ans.

— Isabelle, attends-moi !

Depuis l'arrivée de sa meilleure amie, Isabelle évite la cohue journalistique et son fan club qui l'entourent sans arrêt. Elle profite plutôt de la distraction de son entraîneur pour s'acheminer avec Frédérica vers l'automobile de ses parents.

— Isabelle, où tu vas ?

Isabelle ouvre le coffre de la voiture et saisit le vieux miroir qu'elle avait discrètement apporté avec elle et elle le tend à son amie.

— Frédérica, peux-tu garder un secret ?

— Mais oui, tu le sais bien !

— Mon match commence dans deux minutes et, pour gagner, j'ai besoin de ce miroir !

— Isabelle, personne ne pense que tu vas gagner !

— Même toi, hein ! Frédérica ?

— Je… je ne sais pas…, mais ça ne me dérange pas… Tu gagnes ou tu perds, mais pour moi tu es la meilleure !

— Frédérica… ce miroir est… incroyable…

— Il est beau !

— Oui et… il…

Isabelle sait que son amie ne croira probablement pas trop à son histoire. Alors, elle invente plutôt autre chose que la vérité :

— C'est mon miroir porte-bonheur… mais je ne veux pas que les journaux s'emparent de cette histoire, sinon ce ne sera plus un porte-bonheur… Ça doit rester secret, tu comprends?

— Oui, je comprends… J'ai aussi un bracelet porte-bonheur et un trèfle à quatre feuilles, mais je n'aurais pas dû te le dire… Il ne faut pas le dire à personne!

— Oui, mais entre nous deux ce n'est pas pareil.

— C'est vrai, Isabelle, on se dit tout! Et je dois te dire que je suis un peu déçue!

— Pourquoi?

— Parce que je sais bien que tu ne me dis pas tout… Ton miroir, ça paraît quand tu parles que tu me caches quelque chose… Je te connais, Isabelle!

— Bon! tu as raison… Je ne voulais pas te le dire, mais… parfois je vois une dame dans le miroir. C'est une ancienne championne de tennis qui m'apprend de nouvelles choses extraordinaires sur le tennis. Elle est prise dans le miroir, dans un monde parallèle où il y a aussi un monsieur aux yeux rouges entouré de vautours géants qui veulent nous bouffer tous.

Frédérica regarde son amie et éclate tout à coup d'un rire énorme.

— Isabelle, tu n'as pas besoin d'inventer toutes ces *folleries* pour que je m'occupe de ton miroir. Je vais en prendre soin, ne t'en fais pas… Si la dame vient, je te ferai de grands signes du haut des estrades, d'accord ? dit-elle à son amie en riant et en ne croyant pas un mot de ce qu'elle vient d'entendre.

— Parfait, viens, mon match commence !

Les deux filles courent vers le stade. Soudain, Isabelle s'arrête, prend le miroir des mains de son amie et le fixe en espérant que Dorothea viendra l'aider dans sa stratégie. Son entraîneur, monsieur Léveillé, l'a magnifiquement bien préparée à ce match en lui faisant voir des vidéos sur les forces et les faiblesses de son adversaire.

— Alors, Isabelle, tu t'arranges pour faire de longs échanges, tu retournes tout, et tu enchaînes trois ou quatre coups sur son revers ; très souvent, elle va faire les points et, tout à coup, tout va se dérégler. Toi, tu continues le même plan de match, même si elle mène au pointage. De toute façon, tu n'as rien à perdre et tout à gagner.

Isabelle, entre les deux matchs, a continué à échanger des coups avec son entraîneur sur des terrains d'exercice, devant des dizaines de spectateurs et de journalistes. Sa préparation est impeccable. Mais elle aimerait tout de même poser quelques questions à Dorothea, qui a peut-être vécu des situations où elle était la négligée du match !

— Frédérica, excuse-moi, je dois me regarder un peu dans le miroir.

— C'est vrai, Isabelle, je ne te reconnais plus, tes cheveux sont tout emmêlés et tes vêtements, en désordre. On dirait que tu ne te regardes plus dans le miroir !

— C'est certain, Frédérica, parce que quand je regarde dans un miroir, je ne me vois pas : je vois une dame et…

— Et un monsieur aux yeux rouges, dit Frédérica en riant, ainsi que des vautours géants. C'est pour ça que tu as l'air d'un vautour, Isabelle , dit Frédérica ironiquement.

— C'est vrai, n'est-ce pas, madame Dorothea ? dit Isabelle en regardant dans le miroir.

Mais, à sa grande surprise, c'est le monsieur aux yeux rouges qui occupe toute la superficie du miroir. Autour, contrairement à ce qui se produit d'habitude, le temps, les gens, ainsi que Frédérica ne figent plus. L'homme aux yeux rouges a des pouvoirs si grands qu'il peut décider qui fige et qui ne fige pas. Il a décidé d'emporter Frédérica dans son monde.

— Vous ? dit Isabelle tout haut en regardant dans le miroir pendant que Frédérica croit qu'Isabelle lui joue un tour.

— Tu ne pensais pas me voir, hein ? Dorothea t'envoie un message, elle ne veut plus te voir ! dit l'homme dans le miroir.

— Impossible ! dit Isabelle.

— Isabelle, dit Frédérica, comment fais-tu pour émettre ces deux voix ?

— Elle ne veut plus te voir, je te dis, parce qu'elle ne veut pas t'apprendre la troisième leçon, qui pourrait engendrer des catastrophes tout autour de toi ! Et je peux te montrer ceux qui les provoqueront !

— Impressionnant, reprend Frédérica en s'approchant du miroir, comment tu fais ça ? C'est un enregistrement, hein ?

Frédérica arrache le miroir des mains d'Isabelle pour voir si elle y découvrira un mécanisme quelconque. Elle repousse tout de suite le miroir en y voyant un vautour en très gros plan.

— Qu'est-ce que c'est ?

Frédérica croit que le miroir est truqué. À ce moment, monsieur Léveillé vient chercher Isabelle, car son match est sur le point de commencer. Isabelle se retourne vers Frédérica à qui elle a confié le miroir qui est redevenu normal.

— Frédérica, tu gardes tout ça secret, hein ? Quand tu verras Dorothea, tu me fais signe, hein ?

— Oui, oui, oui, dit-elle, et j'espère qu'elle ne sera pas avec des vautours !

Pendant qu'Isabelle se dirige rapidement sur le court central sous les applaudissements de la foule, Frédérica se demande comment fonctionnent les drôles de trucs de ce miroir.

Sur le court, Isabelle joue le premier set selon le plan de match prévu et le jeu se déroule de façon expéditive. Au bout de 22 minutes, Martina Mortimer ne fait qu'une bouchée de sa jeune adversaire : elle vient de gagner 6 à 1. Mais le score ne montre pas tout à fait l'allure du match, où les échanges ont été extrêmement longs et pénibles pour Martina, qui a ressenti beaucoup de douleurs au genou droit. Deux fois, le soigneur est venu refaire le bandage sur le genou de la joueuse canadienne la mieux classée au monde.

Pendant la pause entre les deux sets, monsieur Léveillé s'approche d'Isabelle qui lui dit :

— Je ne suis pas sûre que ce soit une bonne idée de continuer à frapper de ce côté… Ça n'aide vraiment pas sa blessure.

— Je suis d'accord, Isabelle, c'est le côté cruel de ce jeu… Mais tu n'es pas responsable de tout le monde.

Soudain, Isabelle se rend compte que son entraîneur fige sur place. Elle se retourne et tout le monde est figé tout autour. Isabelle remarque que Frédérica est debout parmi tout ce monde figé. Elle tient le miroir dans une main et lui fait des signes. Isabelle rejoint son amie qui ne s'est rendu compte de rien, tellement elle est impressionnée par ce qui se passe dans ce miroir.

— Frédérica, Dorothea est là ?

— Oui, je pensais que tu blaguais, mais comment ça fonctionne, ton truc ?

— Aucune idée et, en plus, regarde tout autour. On est hors du temps, c'est pas génial, ça ?

— Si ce n'était pas des vautours, ce serait pas mal, oui. L'homme aux yeux rouges m'a touché le bras et j'ai ressenti comme un éclair dans tout le corps. Je suis comme envoûtée ! Mais j'aime ça !

— Ton amie Frédérica n'a pas tout à fait tort ! dit soudainement Dorothea dans le miroir.

— Dorothea, dit Isabelle, où étais-tu ? Je te cherchais, je voulais te demander conseil concernant mon match.

— Dorothea, excuse-moi : depuis que j'ai commencé à t'aider, il s'est passé quelque chose ici !

— C'est le monsieur et les vautours, hein ?

— Wow ! cool ! comment ça fonctionne ? dit Frédérica en regardant tout autour et en cherchant un mécanisme quelconque dans le contour du miroir.

— Oui, Isabelle, il m'a fait remarquer que si je t'apprends le secret ultime du tennis ou du sport en général, ou de tout ce que tu pourras faire avec ça dans ta vie, il va se produire des choses dans ce monde-ci et ça aura des répercussions dans ton monde aussi.

— Est-ce que c'est dangereux pour toi ?

— Non, ce serait merveilleux pour moi. Je pourrais revenir et finir ma vie enfin !

— Quoi ? Si j'applique ton secret, je vais te libérer ?

— En quelque sorte, oui !

— Mais dis-le-moi !

— Non, parce ce serait dangereux pour toi surtout, et pour tes amis et ta famille.

— Ah oui ?... Bon ! ça a probablement rapport à ce monsieur aux yeux rouges et à ses vautours.

— Oui !

— Je n'ai pas peur d'eux. Donne-moi ton secret, on va te libérer.

— Non !

— Mais… je vais perdre, sinon, non ?

— Oui, peut-être, je ne sais pas !

— Dorothea, je veux t'aider : le tennis, c'est important, mais je sais que toi, tu es prise dans ce monde et… qu'est-ce que je peux faire pour te convaincre ?

— Tu es libre de choisir, Isabelle !

— Quoi ?

— C'est ça le secret ! Tu es libre de choisir !

— Mais ce n'est pas un secret, ça, ça n'a rien à voir avec le tennis !

— Oh! que oui! Regarde-moi bien, je pourrai sortir d'ici si et seulement si je réussis à transmettre mon secret à quelqu'un qui peut le mettre en pratique.

— On dirait qu'on est dans un film! dit Frédérica qui adore ce qui se passe.

— Moi, je peux le mettre en pratique, non?

— Je pense que oui. Tu as une technique parfaite, tu as appris les deux premières leçons de façon parfaite. Un, tu joues avec ton instinct, ce que tu appelles avec justesse *l'air du temps*. C'est-à-dire que tu vis le moment présent. Tu joues selon ce qui se passe au moment où ça se passe. Alors, ainsi, tu as pu devenir une joueuse de tennis extraordinaire, car tu joues les coups qui sont là et qui doivent être joués. Deuxièmement, je t'ai appris à faire des choix, à décider de ce que tu veux jouer à tout moment. Ton entraîneur a bâti avec toi, contre Martina, une stratégie exceptionnelle. Tu as décidé de frapper toujours au même endroit. Je crois maintenant que tu as semé le doute dans son esprit, et c'est là la faiblesse de mon deuxième enseignement. Avec ça, tu dois toujours tenir compte des faiblesses et des manques de l'autre. Ça mène toujours à des guerres.

Même si c'est un jeu, le tennis devient alors une guerre et ça ne mène jamais nulle part. Tu gagnes des tournois, tu deviens une vedette, mais tu es seule, car tu as déclaré la guerre à tout le monde.

— Et moi, Dorothea, je n'aime pas la guerre.

— Je sais, je sais, et c'est pourquoi je t'ai choisie. Je t'ai attendue pendant 52 ans. J'ai observé, de l'intérieur de mes miroirs, toutes les joueuses de tennis du monde et pas une n'avait les qualités nécessaires pour apprendre mon secret, celui qui me fera sortir d'ici.

— Qu'est-ce que c'est?

— C'est ton choix. Tu es libre, Isabelle. Libre de choisir de l'apprendre, et ça me libérera, ou de ne pas l'apprendre. Mais il y a ce monsieur aux yeux rouges et ces vautours qui voudront être libres aussi.

— Dorothea, regarde-moi! Et écoute-moi, Frédérica!

— Oui!

— Quand je décide quelque chose, est-ce que je le fais?

— Toujours! dit Frédérica.

— Est-ce que je suis une guerrière?

— Non, mais tu gagnes tout le temps. Pourtant, tu ris tout le temps ! Même avec tes adversaires !

— Et mon entraîneur n'aime pas ça : il croit que je ne suis pas assez guerrière, comme cette Tina Ambrose, pour me rendre aux Jeux olympiques. Pourtant, je veux gagner, mais je ne veux pas détruire… Est-ce possible de faire ça ?

— OUI, dit Dorothea, et il n'y a qu'une seule façon, c'est de devenir libre, entièrement libre comme si *l'air du temps* devenait tout à coup un petit vent, puis une bourrasque, puis un grand vent et même un ouragan.

— Quoi ?

— Tu ne décides plus rien, tu laisses tes coups décider pour toi. Mais tu ne réfléchis pas !

— Je ne dis plus…

— Tu ne te dis rien ! Tu joues pour le plaisir. Tu joues le meilleur tennis imaginable. Tu laisses ta passion agir à travers ta raquette comme si c'était le vent qui soufflait à travers toi. Regarde le ciel !

Tout en haut des nuages se forment et bougent tranquillement.

— Tu vois? C'est ça *l'air du temps* ET *le vent*. Tu laisses le vent te traverser et les décisions se prennent.

— Dorothea, tu es certaine que c'est une bonne idée?

— Oh! oui! J'ai gagné sept fois le tournoi de Wimbledon, j'ai gagné une médaille d'or aux Jeux olympiques de Londres en 1908 et, jamais, je n'ai démoli qui que ce soit. Je ne suis pas en guerre, je flotte sur le vent du plaisir de jouer le meilleur tennis qui n'a jamais été joué. C'est pour ça que les vautours et leur maître m'ont enfermée là-dedans. L'homme aux yeux rouges veut mon secret. Maintenant, si tu le veux bien, il est à toi!

— Si je l'essaie jusqu'au bout, est-ce que tu seras libérée?

— Même si tu ne gagnes pas, aussitôt que tu révéleras mon secret, je serai libérée. Mais en me libérant, tu libères ton jeu qui devient le vent. De cette façon, tu libères tout le monde, tes partenaires de jeu ne sont plus des adversaires, moi je reviens vivre ma vie et l'homme aux yeux rouges et ses vautours sont aussi libérés et ils voudront t'enfermer à ton tour dans les miroirs. Qu'est-ce que tu choisis?

— Dorothea, dit Frédérica, vous n'avez pas à poser la question, mon amie a déjà choisi. Elle a fait revenir le temps. Elle a tout compris. Elle n'a plus peur de rien. Regardez, elle est en bas et tout le monde a repris sa place. Elle parle avec Martina Mortimer, vous voyez?

— Oui, oui, c'est parfait.

Dorothea sait bien que si son secret est révélé ou compris par quelqu'un, elle pourra sortir du miroir. Elle cherche les indices qui lui prouveront sa sortie imminente: les éclairs, le tonnerre, la tempête immense et l'homme aux yeux rouges qui tournera tout autour d'elle, de Frédérica, d'Isabelle et de Raphaël.

À ce moment, dans le ciel, le vent se lève et souffle plus fort. Une petite bourrasque se forme autour du terrain et arrache le miroir des mains de Frédérica. Le miroir se fracasse dix mètres plus bas. Frédérica se précipite, mais elle n'en trouve aucun morceau. Une tornade a emporté tous les fragments. Dans le ciel, une lueur rouge se forme et des vautours tournent au-dessus du terrain.

Tout près du filet, Isabelle discute toujours avec Martina.

— Est-ce que ton genou va tenir ? demande Isabelle.

— Je ne crois pas !

— Si tu veux, je déclare forfait et tu vas te reposer jusqu'à demain. Tu mérites cette victoire.

— C'est gentil, mais non. De toute façon, ça ne veut plus rien dire : mon médecin m'a dit que je ne pourrai pas aller aux Olympiades. Je vais devoir me faire opérer. Il m'a bien entouré le genou et je crois pouvoir continuer, mais je ne suis pas au mieux de ma forme.

— Ça paraît, sinon je ne pourrais pas échanger comme ça avec toi !

— Je ne suis pas d'accord, tu joues très bien ! répond gentiment Martina en lui souriant.

— On joue ou on arrête ? demande Isabelle.

— On joue et on s'amuse !

— D'accord, et j'arrête de viser ton revers pour user ton genou.

— C'est ce que tu faisais, hein ?

— Oui, et je n'aime pas faire ça. J'aime mieux jouer ma partie.

— Oui, suivre le vent !

— Tu connais ?

— Un peu, je ne suis pas sûre, c'est un peu comme dans un rêve ou je ne sais trop. Il y a des moments où j'ai joué comme une reine. J'avais l'impression de jouer comme devant mon miroir !

Au centre du terrain, les deux entraîneurs et l'arbitre rejoignent les joueuses.

— Bon ! vous jouez ou vous discutez ?

— On joue ! disent les deux filles en se serrant la main.

Les deux derniers sets sont joués de façon phénoménale pour des filles d'âge junior. De mémoire d'homme, ceux qui sont présents à ce match n'ont jamais rien vu de tel. Les coups sont magiques et les sourires sur les visages des jeunes filles sont divins. Huit ovations debout marquent ce match à jamais. Heureusement, des journalistes et des caméras captent l'essence de ce match gagné par Isabelle Leduc 1-6, 6-4 et 7-6 au bris d'égalité.

Une accolade d'au moins deux minutes qui marque la fin d'une championne pour annoncer le début d'un nouveau règne. Jamais un match n'a été aussi inspirant. Isabelle, 12 ans, Martina, 17 ans. Pour marquer ce match historique, le ciel s'assombrit et un vent immense les soulève de terre. Des éclairs surgissent de partout et des frissons parcourent tous les spectateurs. L'orage s'intensifie et personne n'a jamais vu une chose pareille.

Soudain, une vieille dame, qui semble tenir un miroir, est frappée par un éclair. Elle titube jusqu'au milieu du terrain avant de tomber aux pieds des deux joueuses. Le ciel rugit une ou deux fois, des lueurs rouges et menaçantes tournent autour du terrain et tout le monde pense fuir. Puis, la dame se relève, les félicite pour leur exploit et repart s'asseoir dans les estrades comme si de rien n'était. Personne ne reconnaît cette femme, sauf Isabelle et Frédérica. Les autres spectateurs se disent sûrement qu'il s'agit d'une ancienne championne de tennis qui a apprécié ce match du siècle. Puis, le ciel redevient brillant et lumineux et les célébrations démarrent.

Dorothea McIntyre, fraîchement sortie d'un emprisonnement de 52 ans à l'intérieur d'un miroir, voit Isabelle mettre en œuvre son secret avec grâce et perfection. Une larme coule sur ses joues. Ce soir, elle rentre à la maison. Comment faire pour expliquer tout cela à ses petits-enfants ? Dire la vérité et demander le secret, voilà ce qu'elle fera. Elle se sent libre, mais elle est inquiète : l'homme aux yeux rouges et les vautours sont aussi sortis du piège du miroir. Ils sont libres comme l'air et ils traqueront la petite Isabelle pour saisir son secret, le secret que Dorothea lui a confié.

CHAPITRE 7

La fosse aux miroirs

À l'auberge, c'est à une fête gigantesque que tous les admirateurs d'Isabelle sont conviés. Tout le groupe a été invité à installer ses campements au bout du labyrinthe, à côté du terrain. Le petit-fils, l'arrière-petit-fils et les membres de la famille ne comprennent absolument pas par quel phénomène Dorothea McIntyre est réapparue après 52 ans d'absence. Le plus extraordinaire, c'est qu'elle a le même âge qu'à l'époque de sa disparition. Ils conviennent tous ensemble de la faire passer pour une petite-cousine de Dorothea McIntyre qui porte le même nom que sa célèbre parente. C'est la fête tout autour.

Isabelle n'en revient pas d'avoir réussi à libérer Dorothea de sa prison, seulement en s'adonnant à son meilleur jeu de tennis. Elle passe toute la soirée en compagnie de Dorothea du petit Raphaël, qui est très content de voir son arrière-grand-mère ailleurs que dans un miroir. Elle est aussi très fière d'avoir gagné contre Martina, qui a décidé de venir fêter avec tous ce soir. Tout à coup, à la grande surprise de tous, monsieur Léveillé annonce une grande nouvelle :

— Bonsoir et tout d'abord bravo à Martina Mortimer qui, malgré sa blessure, a joué un match splendide. On applaudit son courage. Malheureusement, sa blessure nécessitant une opération, elle ne pourra pas se présenter aux Jeux olympiques. Alors, Tennis Canada a décidé que la gagnante du tournoi de demain après-midi gagnera aussi le droit de représenter notre pays aux Jeux olympiques de Londres cet été. Isabelle, ton rêve pourrait se réaliser plus vite que prévu !

Les applaudissements ont dû résonner jusque tard dans la nuit, mais Isabelle est allée se coucher pour se préparer à son match de demi-finale contre une fille de la Saskatchewan, Benita Landry. Cette nuit-là, Dorothea, Isabelle et Raphaël ont senti l'ombre des vautours planer autour d'eux. Au réveil, une peur innommable habite leur cœur.

Jusqu'à midi, pourtant, la journée s'annonce parfaite. Le temps s'écoule normalement, mais tout semble être suspendu. L'air ambiant, le ciel, l'atmosphère, les nuages, tout est trop beau. Isabelle et Dorothea savent bien que quelque chose d'horrible se trame, mais quoi ? Que feront l'homme aux yeux rouges et ses monstres volants ? Comment le monde des miroirs viendra-t-il interférer avec la quête d'Isabelle ? Car, dans moins de quatre heures, le rêve d'Isabelle pourrait se réaliser. Elle affrontera celle qui bat ses adversaires avec hargne et dédain, Tina Ambrose. Tina n'a perdu qu'une seule petite partie dans tout le tournoi. Elle semble se diriger vers une victoire certaine et même facile, aux dires des experts, qui croient que le rêve de la toute petite reine qui la défie prendra fin dans quelques heures. Isabelle se prépare pourtant à réaliser un grand rêve.

Puis, très lentement, pour ajouter à la tension ambiante entre ces deux groupes, vers 13 h le ciel s'obscurcit progressivement. Le monde parallèle semble prêt à frapper. Isabelle et Dorothea assistent impuissantes, comme tout le monde, à une série de catastrophes naturelles. La météo n'avait rien prévu de tel mais, au milieu d'un vent glacial qui s'est levé en moins de dix minutes sur la région, une tornade totalement imprévue détruit sans autres avertissements toutes les infrastructures du centre de tennis de Sherbrooke. On n'a jamais rien vu de pareil dans les environs. Tout le monde fuit les lieux pour se mettre à l'abri. Chacun étant occupé à sauver sa peau, personne ne remarque les vautours géants qui détruisent tout sur leur passage. En une demi-heure à peine, les espoirs d'Isabelle se sont envolés. Le match tant attendu n'aura pas lieu. Par défaut, la championne en titre demeure Tina Ambrose, qui gagne automatiquement sa place aux Jeux olympiques.

Le beau temps revient soudainement, et tout le monde est déçu de savoir que le match n'aura pas lieu. Mais Tennis Canada accepte une proposition de dernière minute qui sauve la partie. Le match se déplace à une quinzaine de kilomètres sur un terrain de tennis privé. La grande finale aura lieu au bout du labyrinthe sur le terrain de l'auberge du petit-fils de Dorothea McIntyre. Par un phénomène mystérieux, dans la région, seul ce bout de terrain n'a pas été inondé et frappé par la tornade dans la région. Dorothea a réussi à contenir les attaques de l'homme aux yeux rouges et à protéger cette région. Comment a-t-elle fait cela ? Isabelle aimerait bien le lui demander, mais elle est rapidement entraînée dans un nouveau tourbillon ; un tourbillon médiatique, celui-là ! Tous les médias s'arrachent cette histoire extraordinaire. La tornade et la quasi-annulation de la partie ont créé une effervescence qui fait boule de neige. Les autorités, qui ont déjà prévu rendre hommage à cette grande championne anglaise, n'en reviennent pas du hasard qui leur permet maintenant de se rendre là où elle habitait.

Les cérémonies sont grandioses. Le match est même télévisé sur le réseau national, étant donné l'importance de l'enjeu. On se sent comme à Wimbledon au siècle dernier, disent les uns. Une jeune virtuose de la raquette affronte une bête du tennis, une future championne mondiale qui joue sans pitié et qui détruit toutes ses adversaires, disent les autres.

Aujourd'hui, la mère de Tina Ambrose a aussi un nouvel assistant. Raphaël, Isabelle, Frédérica et Dorothea comprennent très rapidement qu'il s'agit de l'homme aux yeux rouges.

Les vautours ne sont sûrement pas loin. Ils viendront tout détruire si un pacte n'est pas signé entre Isabelle et l'homme au miroir. Avant le match, Isabelle, accompagnée de Dorothea, s'approche de Tina et de son nouvel entraîneur.

— Bon! je sais ce qui se passe! dit Isabelle.

— Non, ma belle petite, tu ne sais rien dit le nouvel entraîneur. Si tu essaies de gagner ce match en utilisant ton secret, je lance mes vautours sur tout ce beau monde. Tu n'as pas le droit de gagner avec la magie de cette Dorothea. On t'a vue jouer tes matchs et rien n'est normal.

— Je suis prête à faire un pacte. Je révèle mon secret à Tina pour lui donner chance égale, et on accepte le résultat tel quel, et vous renvoyez vos vautours dans le monde des miroirs.

— D'accord! dit l'homme aux yeux rouges avec un sourire qui donne froid dans le dos.

— Le secret est tout simple, et Dorothea, qui a passé 52 ans dans les limbes de vos miroirs, monsieur, va vous le confirmer. Tina, oublie tout et joue ! Amuse-toi ! Sois libre ! Arrête tes guerres, joue ! Je ne suis pas ton ennemie, je suis ta partenaire ! Ton amie pour la partie !

Plus Isabelle parle, plus Tina se met à grogner. Elle tient sa raquette comme une arme.

— Écoute, ma petite folle, tu crois que je vais avaler tes salades ? La vieille t'a peut-être donné un secret, mais c'est un secret de grand-mère. Ici, on est moderne, on déclare la guerre à chaque match !

— Écoute, Tina, c'est peut-être véritablement le secret qu'elle… ! commence l'homme.

— Vous, monsieur le danger public numéro un qui détruit tout sur son passage, vos conseils, je n'en ai rien à faire. Emportez vos vautours ailleurs. Moi, je joue au tennis. Alors, disparaissez si vous ne voulez pas m'aider.

L'homme aux yeux rouges regarde le ciel et aussitôt celui-ci s'assombrit. Dorothea le rejoint, l'entraîne un peu plus loin et discute d'un pacte entre elle et lui. Raphaël et Frédérica observent et écoutent tout ce qui se passe autour d'eux. Ils fomentent un plan.

— Toi, petite fille, retourne voir ta mère et joue avec tes poupées, continue Tina Ambrose complètement déchaînée.

— Tina, on se serre la main et on joue loyalement, d'accord ?

Le ciel s'assombrit de nouveau. Tous regardent en même temps le ciel menaçant. Tina profite de la distraction générale et frappe le bras droit d'Isabelle, qui se tort de douleur.

— Au jeu ! dit l'arbitre avant qu'Isabelle ne lui montre sa blessure. Elle n'a pas crié, elle n'a pas dénoncé Tina, elle souffre, voilà tout !

Isabelle est obligée de faire venir le médecin, qui constate que son poignet droit, sans être cassé, doit être immobilisé. L'arbitre s'apprête à annoncer le forfait d'Isabelle quand monsieur Léveillé demande deux minutes de réflexion. Il entraîne sa protégée à l'écart.

— Qu'est-ce qui se passe ? demande son entraîneur.

— Elle m'a donné un coup de raquette pendant que le ciel tournait au noir et que tout le monde regardait en haut… Personne ne l'a vue, mais elle m'a donné un coup de raquette. Elle est folle, cette fille !

— Isabelle, tu te souviens de la première fois que j'ai joué contre toi?

— Oui!

— Tu avais joué comme si tu étais gauchère!

— Oui! dit-elle en grimaçant toujours de douleur.

— Vas-y, tu m'avais drôlement impressionné!

— Je vais essayer! C'est ma seule chance!

— Alors, dit l'arbitre, vous déclarez forfait?

— Non, je joue!

Dorothea, revenue de son entretien avec l'homme aux yeux rouges, et voyant que sa protégée doit jouer gaucher, l'assure qu'avec tout ce qu'elle sait, le secret peut lui être utile. Elle devra voyager entre tous les apprentissages, car sa technique du côté gauche n'est pas parfaite.

Isabelle perd les quatre premiers jeux mais se répète sans arrêt les enseignements de Dorothea. Jouer en suivant *l'air du temps*. Elle se dit:

— Tout ce qui arrive est parfait, tout est là pour moi, je regarde tout autour et je puise ce qu'il y a dans le jeu de l'autre.

Enfin, cela porte fruit. En utilisant la force du service de Tina, elle réussit à gagner un jeu. Isabelle n'a rien fait d'autre que de mettre sa raquette face à la puissance de Tina. La puissance a fait rebondir la puissance de l'autre côté. Tina mène maintenant 4 à 1.

Deuxième leçon :

— Décide, il faut décider. Alors je décide que je passe par-dessus la douleur. La douleur n'existe plus. C'est moi qui décide.

Isabelle joue de la droite malgré l'immense douleur à son poignet et gagne un jeu. 4 à 2 pour Tina Ambrose qui fulmine.

Troisième leçon :

— Tout oublier et ressentir le vent qui souffle. Ne rien haïr, ne rien enlever à l'adversaire, frapper la balle avec plaisir et ne rien décider. Tout est là dans mon jeu.

Isabelle joue en alternance de la gauche et de la droite et gagne les dix jeux suivants. Son jeu est si inspirant que le ciel se dégage et laisse la place à un soleil radieux. Victoires éclatantes de 6-4 et 6-0. Tina Ambrose est si dévastée qu'elle en perd la voix et vient même serrer la main d'Isabelle. Elle a l'impression que tout s'est passé comme dans un rêve.

Curieusement, une tonne de pression vient de tomber de ses épaules. Elle marche vers la voiture de sa mère et se sent même un peu sereine. Sensation qu'elle n'a jamais sentie auparavant.

Pour Isabelle, c'est le triomphe : elle devient la plus jeune sélectionnée de l'histoire des Jeux olympiques. Après une bonne demi-heure de célébration, elle se demande pourquoi Dorothea n'est pas venue la féliciter. Puis, elle se rend compte que l'homme aux yeux rouges n'est plus là et que le ciel se rembrunit à la vitesse de l'éclair. Un éclair frappe la maison de Dorothea. Tout le monde regarde ce phénomène avec inquiétude. Les gens commencent à s'agiter autour de la championne. Isabelle, elle, comprend tout : Dorothea a fait un pacte, elle retourne derrière le miroir pendant que les vautours et cet homme mystérieux vont sévir de ce côté-ci du miroir. Elle s'est sacrifiée pour Isabelle. Une grande tristesse envahit la championne jusqu'au moment où elle voit ses deux amis Frédérica et Raphaël qui arrivent en gambadant. Ils tiennent derrière leur dos un miroir. Isabelle les entraîne à part.

— Qu'est-ce qui se passe ?

— Regarde ! dit Raphaël.

— On a réussi !

Isabelle voit au fond du miroir des vautours qui volent.

— Isabelle, dit Frédérica, on a réussi !

— Les oiseaux sont enfermés !

— Et l'homme ?

— Lui aussi, je crois, l'éclair l'a frappé !

— L'éclair devait frapper Dorothea au moment même où tu gagnais, mais moi et Raphaël, on a placé le miroir devant Dorothea et l'homme et ses vautours… Pouf! ils ont été frappés par son propre éclair. C'est Raphaël qui a pensé à ça !

— Viens, Frédérica, dit Raphaël, on va cacher le miroir encore plus loin.

— On revient, Isabelle, dit Frédérica en courant quelques mètres puis en se retournant vers son amie ! Isabelle, à quelle date on part pour Londres ?

— Dans deux semaines ! On part avec… Dorothea !

Un éclair frappe alors le miroir. L'homme aux yeux rouges en sort et effraie les amis.

— Bonjour, dit-il sur un ton menaçant.

Raphaël et Frédérica laissent tomber le miroir.

— Je peux sortir et entrer dans le miroir aussi souvent que je le veux, maintenant que tu possèdes le secret ! Ta seule façon de ne pas me voir ici est de venir avec moi de l'autre côté du miroir. Sinon, je ferai tant de dégâts ici !

Dorothea arrive et l'affronte.

— Non, c'est moi qui vais y retourner.

— Trop tard, Dorothea, dit Isabelle, je dois y aller, sinon ça ne finira jamais.

— Non, Isabelle, disent Frédérica et Raphaël, n'y va pas !

Isabelle fait un clin d'œil à ses amis. Ils comprennent qu'elle a son idée.

— Qu'est-ce que vous voulez ? On vous a déjà livré le secret !

— Quoi ? Vous essayez de vous jouer de moi… Il doit y avoir de la magie ou quelque chose du genre ! Dites-le-moi tout de suite !

— Facile, ce secret, il est caché dans la chambre de l'auberge.

Tous se dirigent jusqu'à la chambre. Isabelle place le miroir dans le mur où elle l'a trouvé.

— Monsieur, dit-elle, on va jouer au tennis, au tennis invisible, sans balle, sans raquette et vous allez tout comprendre.

L'homme reste sur ses gardes : il craint qu'Isabelle lui tende un piège.

— Pourquoi pas ? dit-il pensant qu'elle va peut-être respecter sa parole.

— Je me place ici devant vous et je frappe les balles que vous m'envoyez.

— Mais c'est tout petit !

— Vous pouvez reculer un peu. Encore un peu. Retournez-moi les balles. Le secret est le suivant : sentez-vous libre, totalement libre.

— Vous l'avez déjà dit, ça, ce n'est pas un secret ! riposte-t-il avec impatience.

— Mark ! dit soudainement Dorothea en parlant à l'homme aux yeux rouges. Maintenant, c'est assez. Tu as été mon mari, tu as été un excellent joueur de tennis, tu as même gagné des tournois, mais...

— Dorothea, donne-moi ton secret ! insiste-t-il.

— Tu l'as, le secret, je te l'ai répété des milliers de fois, mais tu ne m'écoutes jamais. Voilà pourquoi je t'ai quitté. Mark, je ne suis plus ta femme et tu ne m'enfermeras plus dans ton miroir. Pour la dernière fois, je te livre le secret ; essaie d'écouter pour une fois, UNE SEULE FOIS ! Écoute la petite Isabelle !

— Vous êtes libre et vous occupez tout l'espace ! dit Isabelle

— Oui, mais c'est trop petit, ici, dit Mark qui essaie de contenir sa rage tout en jouant au tennis.

— Reculez encore un peu, reculez, prenez tout l'espace.

— Je ne sais pas, je ne sais pas !

— Écoute, Mark, écoute !

— Reculez ! reculez !

Mark, l'ancien mari de Dorothea, celui qui avait été tellement jaloux de ses succès qu'il avait tenté de l'enfermer à jamais pour tout découvrir, essaie pour une fois d'écouter.

— Reculez, reculez !

Sur ces mots, Mark, l'homme aux yeux rouges, bascule dans le miroir. À ce moment même, Raphaël et Frédérica prennent le miroir et le remettent à sa place dans le mur. Ils le recouvrent d'un bout de papier peint, puis d'un autre, et d'un autre…. Du miroir on entend :

— Non, je vais vous hanter jusqu'à la fin des temps, je vais vous attirer dans mon miroir et apprendre tout de vous. Mes vautours vont déclencher des orages infinis…

Des éclairs immenses illuminent les alentours et aveuglent Dorothea et ses amis. Mais, à mesure que les couches de papier peint se posent sur le miroir, la voix de Mark s'éteint et les éclairs disparaissent un à un ! Mark continuera à vivre au creux des miroirs, à la recherche du secret qu'il ne sait pas écouter !

— Merci, dit Dorothea, jamais il n'a voulu comprendre que le secret est en lui et probablement pas au tennis pour lui. Peut-être un jour comprendra-t-il ? Merci de m'avoir libérée. Merci, merci !

Dorothea McIntyre, âgée officiellement de 134 ans, s'approche de sa jeune protégée.

— Isabelle, tu es une reine, une virtuose, tu es comme Mozart !

— Non, Dorothea je ne fais que jouer. J'adore jouer au tennis. Tu vas jouer une manche avec moi à Londres ?

— Avec plaisir !

C'est depuis ce temps qu'Isabelle se peigne les cheveux distraitement, car les miroirs, elle aime mieux les placer sous le papier peint que devant sa figure ! On ne sait jamais !